ことのは文庫

おまわりさんと招き猫

秘密の写真とあかね空

植原 翠

MICRO MAGAZINE

CONTENTS

おまわりさんと招き猫

秘密の写真とあかね空

四角くかたどった指の中に

真昼の白っぽい空の下、銀色の海が輝いている。漁から帰ってくる船が、遠くにぽつぽつと見える。

年末の冷たい風が海面を撫《な》でて、防波堤《ぼうはてい》の脇に立つ僕らに吹きつけた。

「寒……」

僕は防寒ジャケットの襟を顔の方へ引っ張り、バインダー片手に呟《つぶや》く。息が白い。正面には、小さな傷がついた車と、バイクが一台。

「止まっていた車に、バイクがぶつかったんですね」

「そうです」

車の主である女性とバイクに乗っていた男性が、それぞれ頷《うなず》いた。

背後の防波堤には、ふっくら太った猫が一匹、寝そべっている。まんまるの白い体に、焼き目のような茶色い模様。真冬の柔らかな日差しを、その背中の模様に集めている。マイペースに欠伸《あくび》をしている猫を、僕は一瞥《いちべつ》だけして仕事に戻った。

ここはとある漁港の町、かつぶし町。僕、小槙悠介《こまきゆうすけ》は、この町の交番で働く警察官である。

僕は車のボディについた小さな傷を前に、腰を屈《かが》めた。海岸の駐車場に入ろうとして止まっていた車と、その脇を通り抜けようとしたバイクの、接触事故である。幸いかすった程度で、怪我人《けがにん》はいない。

「車検証、見せていただけますか？」

「はい」

当事者二名の名前と勤め先を確認して、車検証を見てと、流れをこなしていく。

僕が乗ってきた自転車のカゴには、デジタルカメラが積んである。交番の備品だ。このカメラで、車についた傷を撮影するのだ。

ふいに、防波堤の猫がひとりごとを呟いた。

「おなかすいたですにゃ……」

「先に戻ってカリカリ食べてていいですよ、おもちさん」

「カリカリはもう、お皿にあったぶんは全部食べちゃったですにゃ。おやつ、なに食べようか悩むですにゃあ」

ぽふっと、短い尻尾が防波堤を叩《たた》く。

焼き目模様の丸い猫――おもちさんは、人の言葉を話す猫である。随分《ずいぶん》長いこと、かつぶし交番に住み着いており、なにをするわけでもなくマイペースに暮らしている。

今日も、特に用もないのに僕の現場検証についてきた。本来はカゴがない警《けい》ら自転車にカゴがついているのは、このおもちさんのためである。

言葉を話す猫なんて相当珍しいと思うのだが、この町の人たちは、驚いたりはしない。車のドライバーが、頬に手を当てる。

「おもちさん、私、お買い物の帰りでね。車のトランクに鶏団子《とりだんご》があるのよ。おひとついかが？」

途端《とたん》に、おもちさんが短い足で立ち上がる。

「にゃー！　食べるですにゃ！」

続いてバイクのライダーも、バイクに積んだ冷蔵ケースを開けた。

「俺も釣《つ》りの帰りで、さっき捌《さば》いたクロダイがある」

「貰《もら》うですにゃ」

おもちさんが防波堤を下りて、ライダーの足元へ駆け寄る。僕は車検証の内容をメモしつつ、ため息をつく。

「食べすぎちゃだめですよ」

この町の人たちは、言葉を話す猫に驚くどころか、すっかり慣れ親しんでいる。なにせおもちさんは、誰よりも長くここに住み着いている。ずっとそこにいれば、いて当たり前のものになる。他所《よそ》から来た人は、最初は驚くけれど、町の人たちが喋《しゃべ》る猫を平然と受け止めているのを見ると、自然と驚かなくなる。僕も、ここに赴任《ふにん》してきたばかりの頃はびっくりした。

食べてばかりのおもちさんと、それを窘《たしな》める僕の横では、事故を起こしたふたりが和気《わき》藹々《あいあい》とした雰囲気でお喋りを始めた。

「あら、釣り人さんでしたの。うちの主人も今朝、タラを釣ってきたのよ。だから今夜はタラと鶏団子のお鍋なの」

「いいですね！　鍋、食べたくなってきたなあ」

怪我はなかったとはいえ事故があったのに、和《なご》やかである。かつぶし町の人たちは、なんだか平均的に、こんな感じの呑気《のんき》な人が多い。

メモを書き留めてから、僕は自転車のカゴの中からカメラを取り出した。車とバイクについた傷を、これで撮影する。

電源を入れて、裏の液晶を覗《のぞ》き込む。車のボディにレンズを向けて、シャッターを切ろうとしたのだが。

「あれ？」

なぜだろうか、画面がぼやけてピントが合わない。よく見ると液晶に並ぶアイコンもいつもと違う。カメラに詳《くわ》しくない僕は、手の中でカメラをくるくる回して、三百六十度見回した。

「なんだこれ、なんか変なとこ押したかな……」

「なにやってんですか、おまわりさん」

バイクのライダーが呆《あき》れ顔でこちらに来て、一緒にカメラを見てくれたが、彼もやはり頭上に疑問符を浮かべて首を捻《ひね》っている。

このままのんびりしていれば、おもちさんがおやつをたくさん貰ってしまうばかりである。バイクのライダーと一緒にカメラの設定をあれこれ弄《いじ》っていると、そこへ、若い男の子が通りかかった。

「どうかしました？」

中学生くらいだろうか、まだ顔に幼さが残る少年である。声をかけてきた彼もまた、ストラップで吊《つ》ったカメラを首から提《さ》げていた。

鶏団子を食べていたおもちさんが、少年に向かって答える。

「おまわりさんがカメラ壊したですにゃ」

「壊した？　ちょっと見せて」

少年がこちらに歩み寄ってくる。彼はカメラを持ち歩いているし、カメラに明るいのかもしれない。僕はこの少年に、交番のカメラを託《たく》した。少年はカメラを受け取ると、涼しげな顔で弄りはじめる。

「元の設定がどうなってたのかは知らないけど、現場検証用だもんな。扱いやすい設定なら、これかな」

状態を確認して、設定画面を開いて素早く操作し、それからダイヤルを調整した。最後に画面の映りをチェックして、僕に突き返してくる。

「はい。これでどう？」

僕はカメラを再び手にして、液晶を見た。先程までのぼやっとした画面から、鮮明な映りに変わっている。

「直った！」

「壊れてなかったよ。ダイヤルが回って、普段使ってたのと違うモードに切り替わってただけ。しかも設定もプロ向けになってた。使いやすいオートフォーカスに変えておいたよ」

「すごいなあ。僕、このカメラ、基本的な操作しか分からなくて。助かったよ」

通りすがりの少年のおかげで、カメラが元に戻った。たまたまカメラに詳しそうな子が現れて、幸運だった。僕はカメラを下ろし、改めて少年と目を合わせた。

「本当にありがとう」

「うん。じゃ、お仕事頑張《がんば》ってね」

彼も自前のカメラを両手で支え、銀色の海にレンズを向けている。日差しを受けてきらきらと光る海の上を、大きな白い鳥が横切る。その姿を捉えるように、カシャッと、耳に心地の良い音がした。

少年は液晶を確認すると、少し首を傾《かし》げ、立ち去っていった。事故の当事者ふたりも、僕と一緒に少年の後ろ姿を見送る。

「小さなカメラマンさんかしら。機械に強いのねえ」

「おまわりさん、カメラ直ってひと安心ですね」

「はい……あ、写真撮らないと」

改めて、車の傷にカメラを向ける。救世主のおかげで、僕は無事に、書類につける写真の撮影ができた。車のボディについた五センチ程度の傷が、液晶に写される。

車のドライバーの女性が、少し恥ずかしそうに苦笑した。

「大した傷じゃないのよねえ。これならあんまり目立たないし、気になったとしても擦《こす》れば消えそうだわ。こんなことでおまわりさんを呼んで、大袈裟《おおげさ》だったかしら？」

「いえ、連絡をくれて良かったです」

僕が言うと、クロダイを飲み込んだおもちさんが顔を上げた。

「小さくっても、傷は傷ですにゃ。他の人から見えにくくても、すぐに消えても、直っても」

ゆっくりとまばたきをして、おもちさんはまたひと口、大きく厚いお刺身を咥《くわ》えた。

事故の報告資料を作り、溜まっている他の書類も片付けて、仕事が一段落した。そろそろ、夕方のパトロールの時間だ。

この頃は日が暮れるのが早い。冬休み中の子供たちが安心して帰路につけるように、この時間はパトロールを強化することになっている。この日も僕は、町の見回りに繰り出した。

交番でごろごろと寝転がっていたおもちさんも、僕についてくる。

「今日はお天気がいいから、お散歩日和ですにゃ」

「僕のはお散歩じゃなくて、パトロールです」

とはいえおもちさんはパトロールをしているわけではないから、僕はパトロールでもおもちさんはお散歩なのである。

交番から数分行くと、かつぶし町の中でも特に賑《にぎ》わう通り、アーケードの商店街に入る。お惣菜屋《そうざいや》さんから漂《ただよ》う香ばしい匂いと、漁港から仕入れた新鮮な魚介を売る魚屋さんの明るい声が、僕らを出迎える。

夕暮れ時の商店街は、いつにもましてノスタルジックである。賑やかなのにどこか寂しげで、でもネガティブな物悲しさではなくて。すり減って色褪《いろあ》せた昔の写真を見たときのような、そんな気持ちにさせられる。

商店街に並ぶ店の中に、黒い看板を掲《かか》げた古い建物が見えてきた。ショーウィンドウ越しに、木棚とそこにずらりと飾られたカメラが見える。看板に刻まれた店名は、「杉浦《すぎうら》写真店」。

おもちさんの短い足が立ち止まる。

「さっきの子、このお店の子ですにゃ」

「さっきの子って……カメラ直してくれた子ですか？」

そうか、カメラに詳しいと思ったら、おうちが写真屋さんだったのか。

外から覗くだけでも、店の中の様子が見て取れる。中古の機体とレンズ、カメラバッグやストラップ、印刷用の用紙などが、所狭《ところせま》しと詰まっている。

そこへ、背後からカシャッと、シャッター音が聞こえた。振り向くと、男の子がカメラを構えて立っている。先程の、カメラを直してくれた子だ。

彼はカメラを下ろして、僕とおもちさんを見比べた。

「あれ、さっきのおまわりさんだ」

「その節はどうも。君、ここのお店の子なんだって？」

「そうだよ。うちがカメラだらけだから、多少はカメラのこと、分かる」

抑揚《よくよう》のない落ち着いた声が、夕方の北風に運ばれていく。

「なにを撮ってるの？」

僕が訊《たず》ねると、彼は自身のカメラの液晶に目を落とした。

「商店街の風景。夕方のこの雰囲気《ふんいき》、いいかも、って」

「あ、僕も同じこと思ってた」

上手く言葉にできないけれど、僕もこの景色が好きだ。

少年はカメラの液晶から、今度はおもちさんに視線を移した。

「おまわりさんは、おもちさんと散歩？」

「パトロールだよ。おもちさんは散歩だけど」

「ふうん。おもちさんかあ……」

僕の足元のおもちさんをまじまじと見つめ、彼はそうだ、と呟いた。


少年は、杉浦弘樹《ひろき》くんと名乗った。三代続く「杉浦写真店」に生まれた、現在の店長のひとり息子。中学一年生だそうだ。

「県が主催してる『あなたの町のフォトコンテスト』に、応募しようと思ってるんだ」

パトロールをする僕に、弘樹くんがついてくる。

「自分の住んでる町の、風景写真のコンテスト」

「ほにゃー。つまり、かつぶし町のお気に入りの場所の写真を撮って、自慢するコンテスト、ってことですにゃ？」

おもちさんが感嘆する。それを聞いて僕は、かつぶし町らしい景色を思い浮かべた。

「かつぶし町といえば、漁港、昔ながらの商店街……神社もなかなか風情《ふぜい》がありますね」

弘樹くんは、最初に会ったときは海の写真を、そのあとは商店街を撮っていた。たしかに、これはかつぶし町のかつぶし町らしい一面を切り取った風景だ。

弘樹くんが、ぎゅっと拳《こぶし》を握った。

「大賞獲《と》れば、賞金が貰える」

「へえ！　いいね、頑張って」

カメラに囲まれて生まれ育ち、カメラに親しんだ弘樹くんなら、大賞も夢ではないかもしれない。

しかし弘樹くんは、撮った写真を液晶で見返しては眉を寄せていた。

「でもさ、かつぶし町ってどこもかしこも普通なんだよね。たしかに漁港とか商店街とか、この町の『らしさ』を感じる場所ではある。だけど、似たような風景は別の町にもあるんだよな。こんな風景、どこにでもあるっていうかさ……。個人的には好きな風景だけど」

「言われてみれば、唯一無二《ゆいいつむに》とはまではいかないか。良くも悪くも、日本の原風景って感じの町だよね」

弘樹くんが応募するコンテストは、『あなたの町のフォトコンテスト』と名付けられている。その町特有の魅力を、審査員の心に訴えなければならないのだ。他の似た町の写真と被《かぶ》ってしまったら、簡単に埋《う》もれてしまう。

「こういうコンテストって、観光地とか景勝地《けいしょうち》ばっかりずるいよなあ。ひと目で『この土地だ！』って分かる風景があるんだから。それに比べてかつぶし町は、地味で古くて、そのわりにネタにできるほど田舎でもない」

弘樹くんはカメラを下ろし、僕を見上げた。

「そこで、おまわりさん見てて思いついたんだ。この町の唯一無二……おもちさんがいるじゃないか、って」

「にゃ？　吾輩《わがはい》？」

おもちさんが、耳をぴくりとさせた。弘樹くんが頷く。

「おもちさんって、のんびりしてて、いるだけでこの町の雰囲気を体現するでしょ。まあ、写真じゃ喋るのは伝わらないけど。おもちさんがいる風景を撮ったら、この町のゆったりした空気を、写真の中で演出できると思うんだ」

弘樹くんは、おもちさんの傍《そば》でしゃがんだ。ただ商店街を歩いているだけのおもちさんだが、おもちさんがいない風景より、ぐっと雰囲気が出る。おもちさんのいる風景を撮るために、彼は今、僕とおもちさんと共に歩いているのである。

弘樹くんの指が、おもちさんの顔を撫でる。

「それに、おもちさんの写真って、なんか縁起が良さそうだし。大賞目指して験担《げんかつ》ぎ、みたいな？」

　おもちさんは、この町に福を呼ぶ招き猫だ。

　というのは、僕が勝手にそう考えているだけだから、実際には何者なのかは分からない。ただおもちさんは、撫でると良いことが起こるとか、おやつをあげると願いが叶うとか、いろんな噂《うわさ》を纏《まと》っている。それも本当かどうかは分からないけれど。

　噂の真偽はさておき、おもちさんはそれだけ、町の人たちに愛されている。弘樹くんの言うとおり、おもちさんが写った写真は、かつぶし町らしくて、尚且《なおか》つ縁起が良い。

　モデルに抜擢《ばってき》されたおもちさんは、満更《まんざら》でもなさそうに、短い尻尾を反り立てた。

「吾輩はぷりちーですからにゃあ。審査員さんも虜《とりこ》にするですにゃ」

　金色の目を細め、前足を踏み出す。

「どれ、吾輩のお気に入りの場所を教えてあげるですにゃ。ついてくるですにゃー」

　夕方のかつぶし商店街を、ふたりと一匹で歩いていく。酒屋の奥さんがおもちさんを呼び止めて、焼いて解《ほぐ》した白身魚をプレゼントする。たくさん遊んで帰る途中の子供たちが、おもちさんに手を振って駆け抜けていく。

　町の人たちはおもちさんを当たり前に受け止めているけれど、それと同時に、この不思議な喋る猫の正体は、結局のところ誰も知らない。

　おもちさんという存在は、謎に包まれている。謎のままにされている。僕はおもちさんに慣れてきてはいるものの、根本的な疑問を忘れてはいない。

「おもちさんって、なんなんだろう」

「そういう猫、ですにゃ」

おもちさん自身は、そうとしか言わない。

少なくとも、おもちさんはそこにいるだけで人を笑顔にする。例えば、今日の事故のふたりとか。おもちさんがいると、なんだかほっこりと場が和んでしまうのだ。

僕は「そういう猫」のおもちさんを、心の中で「招《まね》き猫《ねこ》」と呼んでいる。置き物の招き猫と同じという意味ではなくて、比喩《ひゆ》的《てき》に「招き猫」である。この町に、じんわりとした福を呼び込んでいるような、そんな気がするからだ。

時々、カシャッと小気味のいい音が聞こえてくる。自然体で歩くおもちさんがいる景色を、弘樹くんが撮影している。

僕は、親指と人差し指でフレームを作って、目の前に掲げた。僕の指の中の小さな四角の中に、商店街の風景と、おもちさんの後ろ姿を閉じ込めてみる。いつでも見られる景色だけれど、いつまでも忘れたくない景色だ。

「弘樹くんは、普段から風景写真を撮ってるの？」

僕が訊ねると、カメラを構える弘樹くんは妙に冷めた声で答えた。

「そうだな……強《し》いて言えば風景写真が多いけど、それにこだわってるわけじゃない。ポートレートも野鳥も撮るし……目についたものを、とりあえず、かな」

「そうなんだ」

良いカメラを持っている人は、自分の撮りたいものが決まっていて、被写体に合わせた機種を吟味《ぎんみ》するイメージだった。意外だ。僕がそう思ったのを見通したのか、弘樹くんは続けた。

「家がカメラの店で、父さんも爺《じい》ちゃんもカメラ好きだから、流れで俺も始めたってだけで。特に、撮りたいものとか、ないんだ。かといって、イヤイヤやらされてるわけじゃなくて、好きでやってるわけだけど」

日が傾いていくにつれ、前を歩くおもちさんの影が伸びていく。

「上手くなるには被写体を絞《しぼ》ったほうがいいかなとは思うから、自分でも、なにかを突き詰めたい気持ちはあるよ。人、動物、空……小学校の頃は、目立ちたい欲もあって、心霊写真やUFOを狙《ねら》った時期もあった。でも、どれものめり込めなくて」

弘樹くんは、カメラを掲げて、その立派な機体を眺めた。

「環境のおかげで機材だけは一人前だけど、撮りたいものが決まってなくてあれこれ手を出してるから、どれも中途半端。だから町の風景写真も、つまんないものしか撮れないのかもな」

弘樹くんはまだ中学生なのに、どこか大人びている。僕は彼の、成長途中の背丈を見下ろした。

「それでいいんじゃないかな。きっとこれから、いちばん撮りたいものが見えてくるよ。今は、それを探してる時期なんじゃない？」

「そうかなあ」

「ところで、心霊写真を狙ってたって言ってたけど……なにか珍しいもの、撮れた？」

「撮れるわけないじゃないか」

弘樹くんはそう言うが、今彼が撮っている喋る猫は、まあまあ怪異的なものではないか……と思わなくもない。弘樹くんは肩を竦《すく》めた。

「かつぶし神社に神隠しの噂があってさ、張り込んだらなにか見られるかなーなんて考えたりもしたんだよ。でも大人から『暗くなる前に帰れ』って叱られて終わり」

つまらなそうに語る弘樹くんを横目に、僕は首を傾げた。かつぶし交番に赴任してから、この町では時々不思議な現象に巻き込まれるが……弘樹くんのように、生まれたときからここで暮らしている子にとっては、特に不思議でもなんでもない現象なのかもしれない。現にこうして、猫が喋っても気にしないわけだし。

「心霊写真といえば、半年くらい前に、海辺のトンネルで幽霊騒ぎがあったのは知ってる？」

「知ってるけど、その頃にはもう心霊写真は興味なかった。でもさ、あのトンネル周辺の風景も良いんだよね。明治《めいじ》時代からあるレンガ造りの古いトンネルと、その向こうに広がる海」

弘樹くんがまた、シャッターを切った。おもちさんが、古本屋さんの店先で丸くなって休憩している。これもまた、どこか昔懐かしい雰囲気のある、味わい深い光景だ。

「ここ、吾輩のお気に入り。冬は暖かくて夏は涼しいですにゃ」

おもちさんがひと休みをしだすと、弘樹くんも立ち止まる。自然と、僕も足を止める。

マイペースに寝転んで毛づくろいをしていたおもちさんだったが、丸い体を転がし、立ち上がった。弘樹くんも、おもちさんの短い尻尾についていく。

商店街を抜けて、古い民家が立ち並ぶ住宅街に入った。夕焼け空の下、子供たちがそれぞれの家路へと、分かれ道で解散している。今日も何事もなく、平和だ。

「弘樹くん、ここも吾輩のお気に入りですにゃ」

おもちさんが、民家の塀に飛び乗った。

ごくありふれた木造住宅と、それを囲むごくありふれたブロック塀である。庭のミカンの木が、塀の向こうから顔を出している。

「ここは日当たりが良くて、少し動くと日陰もあって、お昼寝にもってこいなのですにゃ。しかもこのおうちのおじいちゃんは猫好きで、優しく上手にナデナデしてくれるのですにゃ」

弘樹くんはカメラを構えかけて、呆れ顔で下ろした。

「おもちさん、『かつぶし町のお気に入りの場所』っていっても、ちょっと意味がズレてるよ。おもちさんにとっては快適な場所なのかもしれないけど、風景としてはなんの変哲《へんてつ》もない民家の塀じゃないか。俺が撮りたいのは、審査員をあっと言わせるような風景だよ」

「でも吾輩は、ここがお気に入りですにゃ」

おもちさんが後ろ足で首を掻《か》く。おもちさんは、喋るとはいえ猫である。あくまでマイペースで、自由気ままだ。弘樹くんの言いたいことを理解していようがいまいが、我が道を行くのである。

住宅街から北に歩いて、町の外れを流れるかつぶし川に出た。冬の夕日を受けた小川が、きらきらと光りながら流れている。その水流に身を任せるようにして、カモの夫婦が浮いている。

川に架《か》かった橋の欄干《らんかん》に、おもちさんが飛び乗る。おもちさんは太っているけれど、猫らしい身のこなしでこういう細い足場も通り道にする。

「吾輩、ここもお気に入りですにゃ」

「これもどこにでもある風景なんだよなあ」

弘樹くんは文句を垂《た》れながらも、川とカモとおもちさんの風景を、カメラで切り取った。カモが水面を蹴って飛び立つ。水飛沫《みずしぶき》が夕日を反射して、きらっと、火花のように散る。

おもちさんが欠伸をした。

「吾輩、漁港も好きですにゃ。漁師さんがお魚くれるですにゃ。たまに鳥さんと奪い合いになるけど、それもまた一興《いっきょう》」

「漁港も撮るかあ。あそこも、他所の漁港と変わんないし、大して見応《みごた》えのある場所じゃないけど」

弘樹くんが投げやりに言う。これだけたくさんの写真を撮っても、まだ納得のいく作品を撮れないらしい。

おもちさんが欄干から、僕の足元に飛び降りた。

「神社も良いですにゃあ。木陰が心地よいから好きですにゃ」

「『好き』なだけじゃ、だめなんだ。見た人が驚くような景色じゃないと……」

と、途中で、弘樹くんは言葉を止めた。カメラの中のデータを見直して、彼はぽつりと、呟いた。

「俺も、『好き』なだけの場所なら、この町にたくさんあるなあ。おもちさんと一緒で、あちこちに」

立ち止まる弘樹くんを置いて、おもちさんが川に沿って歩いていく。僕は弘樹くんを振り返ってから、おもちさんを追ってゆっくりと足を踏み出した。

「それは、すごく素敵なことだと思うよ。かつぶし町ならではの景色があったら、それはもちろん、審査員の人の目を引くと思うけど……」

夕焼け空が、暗くなっていく。

「ここにしかない景色じゃなくても、君が誰かに見せたいって気持ちになる場所を撮ったらどうかな」

「誰かに、見せたい……」

弘樹くんの声が、数歩後ろから聞こえてくる。

「そんなの、今度はいっぱいありすぎて選べないよ」

僕より前を行くおもちさんは、振り返らない。弘樹くんは、僕の後ろでカメラのデータと睨《にら》めっこしていた。

「困ったな。全部ありふれた面白みのない写真ばっかりなのに」

「分かる。そういう町だよね、ここ」

僕は暗くなっていく空を見上げて笑った。


その三日後、次の当直の日のことだ。商店街をパトロール中の僕を、明るい声が呼び止めた。

お惣菜屋さんの息子、高校生の春川俊太《はるかわしゅんた》くんである。交番のご近所さんということもあってか、彼は僕によく懐《なつ》いている。

店番中の春川くんは、ガラスショーケースのカウンターに前のめりになって、僕に手を振った。

「小槇さん、公民館見た？」

「公民館？　なにかやってるの？」

「おもちさんの写真展やってる。昨日からだって」

「なにそれ、知らなかった！　見てくる」

僕はパトロールついでに、住宅街の中にある公民館を目指した。

真冬の商店街を、風が吹き抜ける。ジャンパーの裾《すそ》がパタパタとはためき、僕は白い息を吐く。

公民館に着くと、町のお年寄りや冬休み中の子供たちが、ぱらぱらと出入りしていた。そしてその建物の前には、丸くなる猫が一匹。おもちさんが、日当たりの良い花壇の脇で、うとうとと船を漕《こ》いでいる。

僕は、開け放たれた公民館の扉から、中を覗き込んだ。公民館の館長さんが、僕を見つけて会釈《えしゃく》する。

「小槇さーん！」

「お、おまわりさんが来たな。おいで、見ていきな」

「失礼します」

中へ入ってすぐ、僕はわあ、と歓声を上げた。広い部屋の壁いっぱいに、額に入った写真が並べて飾られている。

冬の朝焼けの民家の町並み、船が並んだ漁港。真っ直ぐに延びたアーケードの商店街。海から飛び立つ白い鳥。どれも、かつぶし町の一瞬を切り取った風景写真だ。

その中に紛《まぎ》れるように、おもちさんが写り込んだ写真もある。商店街を歩く後ろ姿に、古書店の店先で毛づくろいをする様子。ブロック塀の上からこちらを見ている顔、夕日の川とカモと、欄干に乗って欠伸をする横顔。……見覚えのある場面ばかりだ。

その写真を、町の人たちが楽しそうに見ている。ぽかんとする僕に、館長さんがしたり顔で言った。

「写真屋の杉浦さんが、『息子が良い写真を撮ってきた』って自慢してきてな。この、おもちさんが写ってる写真なんか、面白いだろ？　俺も気に入ってさ、プリントして飾らせてもらうことにしたんだ」

館長さんが、満足げに写真に目をやる。

「公民館に用事がある人が見ていくのはもちろん、この写真を見るためだけに来る人もいるぞ」

「良いですね。弘樹くん、嬉しいんじゃないですか？」

「ははは、あの子は格好《かっこう》つけたいお年頃だから、こういうのはちょっと照れてたけどな。ふたつ返事で飾らせてくれたんだから、やっぱ人に見せたいんだろうよ」

この町のありふれた景色は、弘樹くんの「誰かに見せたい景色」だった。

フォトコンテストは、見応えがあって目を引くもののほうが、受賞には有利なのかもしれない。でも、彼の撮ったこの写真たちは今、町の人たちの目を楽しませている。

僕は改めて、飾られた写真の数々を眺めた。

弘樹くんの視線の高さ、きれいだと思った場所、撮りたいと感じた、おもちさんの表情。弘樹くんが見ている世界を、お裾分けしてもらっているような気分だ。

公民館の外へ出て、パトロールを再開する。おもちさんが、花壇の横でうたた寝をしている。僕は、その白くまん丸の毛玉の前で、しゃがみこんだ。

「素敵に撮ってもらえて良かったですね」

「おなかすいたですにゃ」

おもちさんが、返事になっていない返事をする。僕が頭を撫でると、おもちさんは気持ちよさそうに耳を寝かせ、喉を鳴らした。

僕は撫でる手を離し、両手の指で枠《わく》を作った。冬の柔らかい日差しの中、目を糸みたいに細くしているおもちさんに、指でかたどった四角を翳《かざ》す。

ここはどこにでもある、片田舎の漁港の町、かつぶし町。少し不思議な招き猫がいる、ありふれた町だ。

警察犬エクレア号

夕方四時。冬場だと、もうだいぶ日が傾《かたむ》いている。僕はこの日、おもちさんを自転車のカゴに入れて、一緒に町の様子の見回りをしていた。

「今日も平和ですね。事件といえば、笹倉《ささくら》さんがギックリ腰になったことくらいです」

笹倉さんは、僕らの交番の最年長おまわりさんである。カゴの中のおもちさんは、北風に吹かれてヒゲを泳がせている。

「笹倉くん、また腰を痛めたですにゃ？」

「おもちさんを抱っこした瞬間、バキッと来たそうですよ。おもちさんがおやつばかり食べて、重たいからです」

おもちさんは、町の人からしょっちゅうおやつを貰っている。おやつをあげると良いことがあるという噂があるせいと、それと単純に、可愛がられているからである。

僕はおもちさんがカロリーを摂《と》りすぎてしまわないよう、おやつを預かって与える量を調整している。町の人たちも、おやつの量に気をつけてくれている。それでもおもちさんは痩《や》せはしないが、健康でいられるギリギリのラインの体重を保っている。

「おもちさんは食べて寝てばかりで、あんまり体を動かしてないでしょ。カゴから下りてランニングしませんか？」

「嫌ですにゃ。吾輩は猫だから、食べて寝るのが仕事ですにゃ」

おもちさんはカゴの縁に顎《あご》を乗せて、眠たそうに目を瞑《つぶ》った。

普段どおりのパトロールコースを進み、やがて僕の自転車は、かつぶし神社の前に出た。僕はきゅっと、自転車のブレーキを握る。

かつぶし神社は、この町のシンボルのひとつである。といっても大きな神社ではなく、宮司の常駐《じょうちゅう》しない寂れた神社で、子供たちの遊び場のひとつとして親しまれている場所だ。小高い山の中にあり、社《やしろ》に到達するには、長い石段を上らなくてはならない。

僕はその石段を見上げた。枯れた木々の下を、苔《こけ》の生えた灰色の階段がぬっと延びる。風に煽《あお》られた枝がさざめく。まるで、近づく者を拒《こば》んでいるかのようだ。暗くなってきているせいか、薄暗い石段はどことなく薄気味悪《うすきみわる》く見えた。

ふいに、僕は先日の公民館の写真展を思い浮かべた。

「そういえば弘樹くんの写真、神社の写真がなかったな」

神社は古くて寂れているが、それゆえの趣《おもむき》があって、なかなか渋いと思うのだが、弘樹くんが撮った中には写されていなかった。たまたままだ撮っていないのか、彼の好みではないのかは分からないが、ふとそんなことを思う。

　僕はペダルに足を乗せ、自転車を漕ぎ出した。

「さて、今日も異常なし。なんにもないのがいちばんですね」

「小槇くん、帰ったらおやつにするですにゃ。吾輩、猫ちゃんサラミの気分ですにゃ」

「出かける前にもササミジャーキー食べましたよね。今日はもうおやつおしまいですよ」

　いつもしているような会話をしつつ、交番への帰り道へと進む。東の空には早くも、いちばん星が浮かびはじめている。

　平和を確認して帰ろうとした矢先、背後から女の子の叫び声が聞こえてきた。

「きゃっ！　もう、やめて！」

「なんだ？」

　僕は再びブレーキをかけて自転車を止め、来た道を振り返った。

　見ると、薄暗い道の真ん中に、女の子と、その子の膝の高さより大きな犬の姿があった。この大きな犬が、女の子の握るリードを噛《か》み、ぐいぐいと引っ張っている。女の子はそれに引きずられそうになりながら、必死に引っ張り返している。

　おもちさんが、カゴの中から間延《まの》びした声を出した。

「飼い主さんとワンちゃんが綱引きしてるですにゃ」

「変質者でも出たかと思った。そうじゃなくて良かったけど、あれはあれで危ないな」

女の子が困っている状況なのは間違いない。僕は自転車の向きを変えて、道を引き返した。

リードを引っ張る女の子が、犬に言い聞かせるように声を上げている。

「エク、そっち行かないってば！　もう、なんで言うこと聞かないのー！」

女の子と犬がリードを引っ張り合っていたのは、まさに先程僕が立ち止まっていた、神社の石段の前だった。犬は石段を上りたがっているのか、一段目に前足を乗せて、女の子を誘っている。女の子はそれを嫌がって、道に連れ戻そうとしているのだ。

「ワンちゃん、こらこら」

彼女らの傍まで来た僕は、自転車のスタンドを立てて、女の子に駆け寄った。

女の子は、中学生くらいの歳の頃だろうか。肩から垂らした黒髪の、大人しそうな子だ。ダッフルコートの袖口から覗く指は、細くて頼りない。

一方犬は、ぬいぐるみのようなふんわりとした毛並みと、力強い太い脚の大型犬である。面長の顔には口髭《くちひげ》みたいな長い毛が伸び、耳は逆三角に折れ曲がっている。明るい黄褐色《おうかっしょく》寄りの体には、背中から尻尾にかけて黒い模様があった。

細身の女の子は、大きな犬の強い力に押し負けて、ぽてっと尻餅をついた。

「痛あ！」

「わあ、大変」

僕は犬を取り押さえようと、咄嗟《とっさ》に犬に向かって言った。

「シット！」

途端に、犬の体がぴたりと動きを止め、大人しくその場に座った。女の子が目をぱちくりさせ、息を整える。

「はあ……助かった。おまわりさん、ありがとう」

「大丈夫？　怪我は？」

「ちょっと足を捻った」

女の子は尻餅の姿勢のまま、大きくため息をついた。

「エク、私の指示は無視なのに、おまわりさんの言うことは聞くんだ」

女の子が顔を上げ、僕の格好を眺めた。

「エクは昔、警察犬だったからかなあ。おまわりさんから指示されると、警察犬の頃の気持ちが蘇《よみがえ》るのかも」

「へえ、警察犬！」

僕は大人しくお座りする犬と、顔を見合わせた。犬は真っ黒な目で僕を見上げ、すんすんと鼻を鳴らしている。女の子はリードを手繰《たぐ》り寄せ、立ち上がった。

「そう。歳をとって引退して、随分経《た》つけどね。よいしょ……いてて」

立ち上がったものの、先程尻餅をついたとき、足首を痛めたようだ。もしもまた犬が言うことを聞かなくなったら、今度こそ引きずられてしまうかもしれない。

「歩ける？」

「歩けるけど……」

女の子は、不安げに犬の顔を見た。

「家まで送ろうか？」

僕が心配すると、女の子は犬と僕とを見比べて、数秒考えてから、ぺこりと頭を下げた。

「お願いします……」


笠原凪《かさはらなぎ》ちゃん、十三歳。この町から二駅向こうにある、私立中学に通う中学生だそうだ。

「はあ、飼い犬の散歩で怪我して、おまわりさんのお世話になるなんて……恥ずかしい」

「そんなことないよ、困ってる人を助けるのがおまわりさんだから」

顔を伏せる凪ちゃんに、僕は苦笑した。

僕の手には、犬――こと、エクのリードが握られている。エクは濡《ぬ》れた鼻先を正面に向けて、ご機嫌で歩いている。僕はエクの黒い背中を見下ろしていた。

「警察犬かあ。ってことは、僕の先輩？」

「先輩ではないかな。嘱託《しょくたく》警察犬だから、直接警察に飼われてたわけじゃないの」

おもちさんの乗った自転車は、僕の代わりに凪ちゃんが引いている。静かな夕方の土手に、キロキロキロと、古いチェーンの音が微《かす》かに響いている。

引退警察犬、エクレア号。愛称はエク。エアデールテリアという、大型のテリアである。茶色い体毛と背中の黒い模様が、こんがり焼いたシュー生地と、塗られたビターチョコレートっぽいから、エクレアと名付けられたのだそうだ。といっても、名前をつけたのは凪ちゃんの家族ではない。

「若い頃は警察のお手伝いをしてたんだけど、おじいちゃんになって警察犬のお仕事ができなくなって、お父さんが引き取ったの」

引退後、一般家庭に引き取られ、飼い犬として余生を過ごす警察犬は多い。かつての警察犬エクレア号も、今は笠原家の飼い犬、エクとなった。

「おじいちゃんのくせに、大きいから力が強くてさ。たまにああして、私を困らせるの」

「ウォフ」

僕の持つリードの先で、エクが太く短く鳴いた。凪ちゃんがエクを一瞥する。

「普段はちゃんとリーダーウォークできるのに。神社の傍を通るときに限ってああなるんだよね。本当、なんなんだろう」

エクは僕の横にぴったりと寄り添っていて、むやみに引っ張ったりはしてこない。こうして人と歩調を合わせる歩き方を、リーダーウォークというそうだ。神社であれだけ暴れていたのに、今は随分と大人しい。

　カゴの中のおもちさんが、凪ちゃんに金色の瞳を向けた。

「エクレアさん、神社の石段上りたそうだったですにゃ。凪ちゃんは、なんで嫌だったですにゃ？」

　そういえば、凪ちゃんはエクと力比べになるほど、石段を拒んでいた。単に石段を上るのが疲れるから、という程度の嫌がり方ではなかった。

　凪ちゃんはぴくっと肩を強張《こわば》らせ、なにか言い淀《よど》んだ。少し無言になったのち、やがておもちさんの顔を見る。

「笑わないでね。私、かつぶし神社が怖いの」

「怖い？　ですにゃ？」

「かつぶし神社には、幽霊が出るんだよ」

　隣を歩いているエクが振り向く。おもちさんは、黙って凪ちゃんを見つめていた。

「小学校の頃、クラスの子から聞いた。日が暮れてくる時間にあの石段を上ると、髪の長い女の幽霊に出くわすんだって」

　髪の長い女の幽霊……初めて聞いた話だ。僕はこの町に赴任してもうすぐ二年経つが、知らなかった。パトロールをしていて、それらしい人に遭遇《そうぐう》したこともない。神社にまつわる不思議な話といえば、神隠しとか、正体不明の小さい女の子とかなら、知らなくもないが。

「真夜中じゃなくて、夕暮れ時なの？」

「うん」

怪談の舞台は深夜になりがちだから、なんだか珍しい気がする。

「幽霊が怖いなんて、子供っぽい理由だと思うでしょ。でも、小学生の頃、この怪談を話してきたクラスの子に、無理に神社に連れ出されそうになってね。その日の夕暮れの石段は、薄暗くて、鬱蒼《うっそう》とした木がざわざわしてて……なんだかすごく、不気味で堪《たま》らなくて」

凪ちゃんの声が、しぼんでいく。

「それ以来、かつぶし神社に近づくと、その日に感じた恐怖がフラッシュバックしちゃうんだ。幽霊なんていないって思ってても、それよりも『怖い』って気持ちが勝っちゃう」

『小さくっても、傷は傷ですにゃ。他の人から見えにくくても、すぐに消えても、直ってても』

ふいに、先日のおもちさん言葉が、僕の脳裏をよぎった。

他人からすれば、作り話っぽい怪談を怖がっている彼女は、お子様に見えるかもしれない。だが凪ちゃんにとっては、もはやトラウマなのだ。心に強烈に刻まれた怖かった記憶が、今も呼び起こされてしまう。

凪ちゃんはあはは、と笑った。

「つい変な話しちゃった。なんかおまわりさん、すっごく話しやすい！」

「そうかな？　ありがとう」

「おまわりさんに取り調べされたら、全部話しちゃうかも。なんてね」

凪ちゃんは冗談を言って、髪を掻いて耳にかけた。おもちさんが、薄暗い空を見上げる。

「日が暮れてくる時間。ちょうど今くらいですにゃ？」

「そう。夕方のエクの散歩の時間とちょうど重なってて、よりによって今、エクが石段を上りたがる」

凪ちゃんは、むすっとした顔でエクを睨んだ。エクは凪ちゃんに睨まれても、素知らぬ顔で前に向き直り、てくてく進んでいく。凪ちゃんは項垂《うなだ》れて、おもちさんに言った。

「私ね、お父さんに騙《だま》されたんだよ。八歳のとき、『元警察犬の、凪と同じ歳の犬』って言われて、自分と同じ子供の犬が来ると思ったの。警察犬だから賢くて体力があって、いっぱい走り回っていっぱい遊べるって、楽しみにしてた。でも犬の八歳はもうおじいちゃんで、だらだら寝てばかりのだめ犬だった」

凪ちゃんは眉間に皺《しわ》を寄せ、暗い空を仰いだ。

「せめて元警察犬らしく賢ければまだかわいかったのに、さっきのとおり、私の言うこと聞かない。毎日ごろごろして食べて寝てるだけ」

それを聞いて僕は、「おもちさんと同じじゃないか」と口の中でぼやいた。おもちさんだって人に忠実に従ったりはしないし、ごろごろして食べて寝ているだけである。

凪ちゃんははあ、と大袈裟なため息をついた。

「そのくせ、図体はでっかくて力は強い。お父さん、なんでこんな犬を引き取っちゃったかなあ」

なかなか厳しいことを言う子だ。僕は言われ放題のエクに同情してしまった。

「まあまあ、そこまで言わなくても」

「言うよ。私、こいつのせいで友達なくしたんだから」

凪ちゃんはにべもなく切り捨てた。

「小学二年生の頃、まだエクがうちに来る前ね。『自分と同じ歳の犬が来る』って、友達に自慢してたんだ。エクを迎えたら、一緒に遊ぼうって約束してた」

幼い頃の彼女は、迎える犬は子犬だと勘違いしていた。

「でも実際に来た犬はよぼよぼのおじいちゃんで、思ったよりでっかくて力が強い。友達は、イメージと違ったから引いちゃって……中には、びっくりして泣いちゃった子もいた」

僕はエクの背中を一瞥し、小さく唸った。たしかにエアデールテリアは、大人でも怯《ひる》むサイズの犬だ。こんなに優しい顔をしていても、小学校低学年の背丈から見れば、怖いと感じる子もいるだろう。

「そのせいで、仲良かった子からなんとなく避けられるようになって。しかも凶暴な犬を飼ってるって噂が流れて、孤立《こりつ》しちゃった」

「そっか、それは寂しかったね」

「エクがもっと、小さくてかわいい犬なら良かったのに」

子犬と暮らす華やかな毎日を心待ちにしていた彼女にとっては、実物のエクに理想を裏切られてしまった。友達もいなくなって、寂しい思いをした。

エクの散歩をしているくらいだから、心から嫌ってはいないのだろう。だが、それは彼女が大人の対応として、仕方なく現実を受け止めているだけにすぎない。

凪ちゃんがエクを邪険《じゃけん》にする理由が見えてくると、凪ちゃんの気持ちも分からなくはなかった。かといって、エクも悪くない。離れていった子たちも、凪ちゃんをいじめたのではなく、ただ怖かっただけだ。

凪ちゃんは、捻った足に目を落とした。

「実際に、力の強さのせいで、こうして怪我をさせられることもある。吠《ほ》えたり噛んだりはしないけど、エクがいると友達を家に呼べないよ」

凪ちゃんの辛辣《しんらつ》な言葉には、エクは振り向かない。まるで聞こえないふりをするかのように、のそのそと先を行く。その背中を見ているとどうにもいたたまれなくなり、僕はエクの肩を持った。

「それはともかく、のんびり屋さんなのは良いんじゃない？　引退してるおじいちゃんなんだから」

「でもさ、警察犬時代もぱっとしたエピソードないし、多分こいつ、警察犬の頃からこうなんだよ。奇跡的に試験に受かっただけで、役に立たなかったんじゃないかな」

「いや、そんなことは……うーん、ははは」

一緒に仕事をしたわけでもなく、エクがどうだったのか知り得ない僕は、苦笑いして濁《にご》すしかなかった。

エクは老犬の足取りで、よたよたと歩いていく。やがてその太い脚が、ぴたりと止まった。住宅街の中にある、一軒家の前だ。凪ちゃんが引く自転車も、キロ、と小さく軋《きし》んだ音を立てて、止まった。表札には、「笠原」と書かれている。

「家に着いた。気がついたらいろいろ話聞いてもらってたね。ありがと、おまわりさん」

凪ちゃんは僕の手から、エクのリードを取った。僕は代わりに、おもちさんの乗っている自転車のハンドルを持つ。

「足、しっかり冷やして、安静にしてね」

「うん」

凪ちゃんが僕に会釈をする。立ち去ろうとする僕を、凪ちゃんと一緒に、エクも見送ってくれている。垂れ下がった目尻とつぶらな瞳は、なにか訴えているようにも、なにも考えていないようにも見えた。

凪ちゃんとエクと別れて、僕とおもちさんは、再び交番への帰路についた。空はすっかり暗くなって、瞬《またた》く星の数が増えている。

「エクが引き取られたのが凪ちゃんが八歳の頃で、その凪ちゃんは今中学生だから……エクが現役の頃は、僕はまだ警察官じゃなかったな」

　僕はカゴの中のおもちさんに言った。

「エクと一緒に仕事してみたかったな。凪ちゃんはああ言ってたけど、きっと若い頃はバリバリ活躍してたと思うんだ」

　今はごろごろ、食べて寝ているだけで、おもちさんみたいだけれど……とは、おもちさん本猫《ほんにん》には言わないでおいた。おもちさんは、カゴの中で丸くなった。

「どうでしょうにゃあ。エクレアさん自身も、忘れちゃってたですにゃ」

「へえ、お話ししたんですね」

　おもちさんは、人の言葉を話すだけでなく、他の動物、植物、物体とも心を通わせることができるらしい。もちろん、犬のエクとも話せる。僕には凪ちゃんの言葉しか分からなかったけれど、彼女が喋っている間、おもちさんは、エクとも話していたらしい。

「忘れちゃってた、ですか」

「ですにゃ。エクレアさんはお年寄りですからにゃあ、いろんなことがぽわぽわーっと、頭から消えてしまうですにゃ」

　おもちさんが欠伸をする。

「そうでなくても、昔のことなんか覚えてないものですにゃ」

どうなんだろう、と、僕は思った。凪ちゃんの言葉を借りれば、エクは「だめ犬」だそうで、僕からもマイペースな犬に見えた。エクは本当は優秀だったのに、当時を忘れてしまったのか。お年寄りになって、若い頃より頭が働かなくなってしまったのか。それとも凪ちゃんの言うとおり、元々こうだったのか。

おもちさんは、眠たそうに目を閉じた。

「忘れちゃっても仕方ないですにゃ。吾輩、その日じゅうの出来事だって忘れるですにゃ。おやつ、今日はまだ食べてないですにゃ」

「それはしらばっくれてるだけでしょ。僕は忘れてませんよ、ササミジャーキー」

冬の星座が僕らを見下ろしている。自転車のチェーンの軋んだ音が、夜の静寂の中に静かに響いた。


その翌朝。夜勤を終えた僕は、出勤してきた笹倉さんに、業務の引き継ぎをした。

「腰はもう大丈夫ですか？」

「ぼちぼちな。全く、おもちさんにはダイエットしてもらわないと敵《かな》わねえ」

笹倉さんが、事務椅子に座って拳で背中を叩く。おもちさんは、キャビネットの上で寝ていて、聞いていない。笹倉さんがきゅっと、眉間に小皺を作った。

「おもちさんの体重とおやつの管理は、お前の仕事じゃなかったか？　小槙！」

「えっ、そうだったんですか!?」

「はっはっは、これ以上おもちさんが重たくなったら、罰としてお前さんがおやつ抜きな」

笹倉さんは、どこかルーズな空気を纏ったおじちゃんである。本気か冗談か分からない言動に翻弄《ほんろう》されることもしばしばだが、大物感があって、いるだけで妙に心強い人だ。

警察官は、通常は数年で異動がある。しかしたまに何十年も同じ交番に籍を置く、「主《ぬし》」のような人もいる。笹倉さんがそれである。

昨日から今朝未明にかけての業務を笹倉さんに引き渡し、そのついでに、僕は彼に訊ねた。

「夕方、犬の散歩中の中学生の女の子が、足を挫《くじ》いていたので、家まで送り届けました。それで、その子から聞いた話なんですが……」

かつぶし交番の主、笹倉さんなら、知っているかもしれない。

「『かつぶし神社に幽霊が出る』って話、知ってますか？」

「幽霊？」

「はい。髪の長い女性の幽霊だと言ってました。具体的になにをしてくる幽霊なのかは、特に語っていませんでしたが」

凪ちゃんが怯《おび》えていた、例の怪談だ。あの子があれほどまでに怖がっていたこの噂が、僕はやけに気になっている。

あのとき、おもちさんも自転車のカゴの中で凪ちゃんの話を共に聞いていたが、おもちさんもピンとこないようだった。おもちさんは誰よりかつぶし町暮らしが長いとはいえ、興味のないことは聞いていないか、聞いていてもすぐに忘れる。こういう、かつぶし町に纏《まつ》わるちょっとした噂は、笹倉さんの方が知っていそうだ。

しかし笹倉さんも、首を捻った。

「髪の長い女。知らねえなあ」

「笹倉さんもご存知ないんですね。うーん、じゃあ当時の凪ちゃんのクラスで、局地的に流行《はや》った噂だったのかな」

誰が流行らせたのか知らないが、凪ちゃんは今でも、この話を怖がっているのだ。誰かの作り話であるとはっきり分かれば、凪ちゃんも怖くなくなるかもしれない。できることなら、この噂の正体を突き止めたい。

「本当に変質者がいたのかもしれないし、注意した方がいいかもしれませんね。単なる子供同士の噂話ならいいんですけど」

「そうだなあ。でもまあ、十中八九遊びで作った作り話だろうな。髪の長い女の幽霊っつうビジュアルも、鉄板中の鉄板な感じで、いかにも子供が思いつきそうだ」

笹倉さんはそう受け流し、それから机に肘を乗せた。

「ところで小槙、今、凪ちゃんって言ったか？　五丁目の笠原さんとこの凪ちゃんか？」

「あっ、凪ちゃんのことはご存知なんですね」

「たまに犬の散歩してるのを見かけるよ。あの子、小さい頃からでかい犬のリードを持っててな。犬が走り出したら引きずられちまうんじゃねえかと、見ててヒヤヒヤしたもんだった」

凪ちゃんはどうやら、ちんまりした小学二年生の頃から、あの大型犬の世話を焼いていたらしい。笹倉さんは、でも、と付け足した。

「まあエクならそんなことしねえか。あいつ、あれで元警察犬だしな」

凪ちゃんを見守っていた笹倉さんは、もちろん、エクの事情も知っているようだ。

「俺が担当してた仕事に、エクが来たことがあってなあ」

「そうだったんですか！　いいな、僕、エクとお仕事してみたかったなーっておもちさんに話してたんですよ」

僕は声を弾ませた。笹倉さんは、現役時代のエクを知っているのだ。笹倉さんが、こくこくと頷く。

「こちとら何十年も警察やってるから、警察犬と協力した案件はいくつもあった。その中でもエクは、忘れられない奴だったよ」

笹倉さんの長い警察官歴の中で、エクはとりわけ印象に残る犬だったのか。一体どれほど優秀だったのだろうかと、僕はわくわくと笹倉さんの思い出話を待った。笹倉さんが、懐かしそうに話しはじめる。

「十一、二年くらい前かな。俺はその頃、生活安全課にいた。子供が行方不明になって、捜索が始まってな。エクはそこへ出動してきた」

捜索に集まった警察官の中から、誰がエクのリードを持つか、その場で決めたという。犬が好きだという細身の警察官が立候補して、リードを持ったそうだ。

「だが犬ってもんは、特に訓練された警察犬は、ちょっとした匂いにも敏感だ。近所の人がたまたま家の外でサンマを焼いていたもんだから、捜索開始からものの数分で、エクはそっちに気を取られた。興奮して駆け回って、あのでっかい図体でリードを持ってた人をぶん回してな」

「は、はあ」

エクの優秀なエピソードが聞けるかと思いきや、早速雲行きが怪しくなってきた。

「運の悪いことに、リード持ってた人も痩せっぽちで貧弱な腕してたから、勢い余ってエクのリードを離してしまった。エクはそのまま、どっか走っていなくなった」

「ええ……」

「おかげで行方不明の子供とエク、両方捜さなくちゃいけなくなった。まあその一時間後には、両方とも見つかったんだけどよ」

　行方不明の子供は、空き家の物置から見つかったそうだ。かくれんぼをしていて中に入ってしまったという。

　笹倉さんは、苦笑いで言った。

「エクは行方不明の子供と一緒に、だらーんと寝そべってたんだ。子供を見つけてたのに、俺らに知らせるでもなく、そこで居眠りしてたわけだ」

　僕は呆然《ぼうぜん》として、リアクションできなかった。凪ちゃんの言葉が脳裏をよぎる。

『警察犬時代もぱっとしたエピソードないし、多分こいつ、警察犬の頃からこうなんだよ』

……もしかして本当に、エクは現役の頃からマイペースな犬だったのか。

　くあ、と、キャビネットの上からおもちさんの欠伸が聞こえた。大口を開けて、尖《とが》った牙を見せている。笹倉さんは、おもちさんを一瞥して軽快に笑った。

「とはいえエクは、誰より早く子供を見つけてたんだ。少なくとも、おもちさんよりは役に立つ」

「ははは……」

　僕は苦笑で返した。できれば、エクのかっこいい活躍を知りたかったのだが……。

　そんな話をしていると、笹倉さんが、出入り口のガラスの引き戸に目をやった。向こう側に見えるふたつの影に、お、と呟く。

「噂をすればなんとやらだな」

僕もそちらを振り向くと、昨日見た顔がそこにあった。凪ちゃんとエクだ。朝の散歩中だろうか。

凪ちゃんは交番の前でしゃがむと、建物の脇の電柱にエクのリードを結びつけた。それから建付《たてつ》けの悪い戸を慎重に引いて、交番の中に入ってくる。

「おはようございます、おまわりさん。昨日はありがとう」

「おはよう。足は良くなった？」

「まだ痛むけど、今日はそれとは別に、相談があって」

凪ちゃんの声が聞こえたのか、おもちさんがぴくりと耳を動かした。黄金色の目を開けて、背中をうねらせて伸びをする。

凪ちゃんは戸を半開にしたまま、受付カウンターに手を乗せた。

「昨日、鞄《かばん》につけてたマスコットを、どこかで落としちゃったみたいなの。ここに届けられてないか、エクの散歩のついでに聞きにきた」

「マスコットかあ、特に届いてないな」

昨日から今朝にかけて当直をしていたのは僕だが、これに心当たりはない。凪ちゃんはしょんぼりと、下を向いた。

「そっか……。友達に貰った、大事なものだったんだけどなあ」

「届いたら連絡するよ。どんなマスコット？」

届け出書類を準備しつつ、訊ねる。そんな僕を、おもちさんと笹倉さんが後ろから見ている。凪ちゃんは手の動きを交えて、説明してくれた。

「これくらいの大きさ……十センチないくらいの、犬のぬいぐるみマスコット。ちょうどエクそっくりな……」

と、凪ちゃんが外に繋《つな》いだエクを振り向いたときだった。

電柱に繋がれているエクが、リードを噛んでいる。よく見ると、エクの強い力に引っ張られてか、リードの結び目が緩んでいた。

「あっ！　エク！」

凪ちゃんがマスコットの説明を放り出し、外へ飛び出した。僕もカウンターから出て、凪ちゃんに続く。

凪ちゃんが外に出た頃には、間に合わなかった。エクは結び目を解《ほど》き、リードを引きずって町へと駆け出していた。

エクは老犬とは思えない速さで走り去り、商店街のアーケードの中へと消えていった。足の怪我が治りきっていない凪ちゃんは到底追いつけず、ワンテンポ遅れた僕も、見失ってしまった。

「どうしよう！　私が目を離したばっかりに。エク、エク」

凪ちゃんが真っ青になって、エクが消えた方向へ、よたよたと走っていく。僕も追いかけようとすると、背後から聞き慣れた声がした。

「やれやれ。そんなに慌てたら、見つかるものも見つからないですにゃ」

おもちさんが、笹倉さんと一緒に交番から出てきた。そうだ、焦《あせ》ったらいけない。僕は取り乱す凪ちゃんを引き止めた。

「落ち着いて。エクは大きいからすぐに見つかる。凪ちゃんは足を痛めてるんだから、無理に走っちゃだめだよ」

「でも、エクが。人を驚かせたり、もしかしたら、怪我を負わせちゃうかも。エク自身が道路に飛び出して、事故に遭うかも……」

凪ちゃんが泣きそうな声で言い、商店街へと足を引きずった。同じような嫌な想像は、僕の頭の中にも巡っている。いてもたってもいられない凪ちゃんの気持ちは分かる。僕は笹倉さんを振り向いた。

「僕も捜してきます」

「おお。俺も近くを捜して……ん？」

笹倉さんは途中で言葉を切って、前方に目を凝らした。おもちさんも同じ方向を見ている。僕も、ふたりの視線の先を追った。

商店街の方から、なにか走ってくる。シュー生地のようなふわふわの茶色に、ビターチョコレート色の模様、まるで巨大なエクレアのような……。

　凪ちゃんが立ち止まって、叫んだ。

「エク！」

　リードをぶら下げてのすのすと走ってきたのは、エクだった。僕らが捜しに行くより前に、エクの方から、自分で帰ってきたのである。僕ははあ、と大きく安堵のため息をついた。

「良かった……すぐ帰ってきてくれた。怪我もないみたいだね」

「もう、どこ行ってたの！」

　凪ちゃんがエクに駆け寄る。エクはクウ、と喉を鳴らした。髭を生やしたような口元から、なにか覗いている。凪ちゃんは腰を屈めて、エクの顎の下に手を添えた。

「あれ？　なんか咥えてる」

　エクが凪ちゃんの手の中に落としたそれは、手のひら大の、犬のぬいぐるみマスコットだった。ちょうどエクの毛の色と同化する……それどころか、エクをそのまま縮小したかのような、エクそっくりのマスコットである。凪ちゃんが目を丸くした。

「このマスコット！　見つけてきてくれたの？」

「ワフ」

　エクが小さな声で鳴く。僕の足元で、おもちさんが間延びした声で感嘆した。

「ほほー、流石《さすが》、元警察犬ですにゃ。慌てていても、凪ちゃんの匂いがするもの、すぐに見つけてきたですにゃ」

僕ははたと、おもちさんの言葉を思い起こした。

『そんなに慌てたら、見つかるものも見つからないですにゃ』

あれは、エクを捜そうとする凪ちゃんに言ったのではなく、凪ちゃんの話を聞いて、マスコットを捜しにいったエクに向けた言葉だったのか。

凪ちゃんは、エクの頬を撫でた。

「わざわざ捜しに行ってくれたの？　なんで？　あんた、いつも私の言うこと聞かないのに」

エクは凪ちゃんに触られて、心地よさそうに目を閉じた。笹倉さんがおもちさんを抱き上げて、こちらに歩いてきた。

「エクはな、昔っからそういう奴だったよ。警察犬としては頼りないところもあったが、誰より優しい犬だ」

笹倉さんが、よいしょ、と呟き、凪ちゃんとエクの横に座る。

「かくれんぼ中に行方が分からなくなった子供を、空き家の物置から誰より先に見つけた。物置の中で物が崩れて戸に引っかかって、子供は真っ暗な中で閉じ込められていたんだがな。エクはその戸を、馬鹿力でこじ開けたんだよ」

エクは力が強いから、怖がられてしまう。でもエクは、その強さを、優しさのために使っている。

「物置の中の子は、ひとりで泣いてたそうだ。エクはそっと隣に寄り添って、泣き止むのを待っていた。俺たちが見つける頃には、子供はエクの温かさで安心して、寝ちゃってたよ」

笹倉さんはのんびりした声で話し、エクの頭に手を置いた。

「間の抜けた犬だが、それと同時に賢くて、優しい犬なんだよな」

「そうなの……？」

凪ちゃんの手が震える。エクは閉じていた瞼《まぶた》を薄く開き、真っ黒な瞳で凪ちゃんを見つめた。凪ちゃんが、かくんと膝をつく。

「私、エクのこと、散々『だめ犬』なんて言ったのに。酷いこと、いっぱい言っちゃったのに。それでもエクは、私のために、リードを振り解いてまで……」

だんだんと、凪ちゃんの声が掠《かす》れていく。彼女の目に涙が溜まり、ぽろんと、頬を転がった。エクはその雫《しずく》を、平たい舌で舐《な》める。

凪ちゃんはマスコットを握り、エクの体を抱きしめた。

「ごめんね、ありがとう、エク」

エクは凪ちゃんの肩に顎を乗せ、ゆっくりと目を閉じた。ぱたぱたと振れる尻尾から、エクの気持ちが溢《あふ》れ出して見えた。

エクもマスコットも無事に見つかった。凪ちゃんは何度も僕らに頭を下げて、散歩の続きへ出かけていった。凪ちゃんにお礼を言われたが、僕らはなにもしていない。

交番の中に戻り、書きかけになっていた書類を片付ける。

「マスコット、エクそっくりでしたね。凪ちゃん、邪険にしながらも、実は結構エクが好きなんだろうなあ」

「マスコットは友達に貰ったと言ってたし、学校で友達にエクの話してるんだろうな。口では冷たいことを言ってても、賢かろうがそうでなかろうが、どっちでもいいのかもなあ」

笹倉さんが椅子に座り、まだ本調子でない腰を擦《さす》っている。おもちさんは、窓際の日当たりの良い床に寝転がっていた。

ごろごろと食べて寝ているだけ——そう言いつつも、凪ちゃんはきっと、そんなエクでも良かったのだろう。僕らの交番の「食べて寝ているだけ」担当、おもちさんが、眠たそうに欠伸をした。

「これといってバリバリ仕事ができるわけじゃないけど、ふわーっと穏やか……エクレアさんって、小槇くんと似てるですにゃ」

「あれ。僕は、食べて寝ているだけのところ、おもちさんに似てるって思ってましたよ」

どうやら僕らは、エクとお互いを重ねていたらしい。おもちさんはちらりとだけ僕と目を合わせ、そのまますぐに昼寝を始めた。

古本屋さんの居候《いそうろう》

年明けすぐのかつぶし町に、凍《い》てつく風が吹く。商店街のパトロールをしていると、ひゅっと、僕の帽子が浮き上がった。

風に持っていかれたかと思いきや、そうではなかった。すたっと、僕の前に、小学生ほどの少年が降り立つ。彼の手には、僕の帽子が握られていた。

振り向いた彼は、顔に戦隊ヒーローの赤いお面を被っている。

「おまわりさんの帽子、ゲットー！」

「こら！」

それを取り返そうとする僕の頭に、トンッ、トンッと二度、軽い衝撃が走る。赤いお面の子供の横に、同じくらいの子供がふたり、着地した。それぞれ、緑と青のお面を被っている。

どこに潜《ひそ》んでいたのやら、彼らは頭上から振ってきて、僕の頭を跳び箱みたいに飛び越えたのだ。

「兄貴、すっげー！」

「兄ちゃん、オラにも貸して！」

「後でな！」

ヒーローレッドが、得意げに帽子を被る。僕は乱された頭を抱え、改めて帽子に手を伸ばした。

「返しなさい！」

「やーだよ！」

三人組は僕の手をすり抜け、ネズミの如《ごと》き素早さで、商店街に散り散りになった。

この子供たちは、半年ほど前からこの町に住んでいる、やんちゃ小僧三兄弟である。頭から顔の上半分はヒーローのお面で隠しており、素顔は見たことがない。

このとおり、忍者みたいに出没しては、人間業とは思えない身のこなしでいたずらをする。すばしっこさはさながら野生動物で、簡単には捕まえられない。

この時点で、この子たちが人間であるかどうか、だいぶ疑わしい。因みにこの兄弟、お面の下には小さな角が生えている。

視界の端に、ちょろちょろっと動く少年が見えた。あれは長男のレッドだ。追いかけるとすぐに見失い、捜していると、背中をとんっと押された。

「小槙さん、どーん！」

「うわあっ！　いつの間に後ろに……!?」

しかし振り向くと、そこにいたのはレッドではなく、ギターケースを背負った春川くんだった。背後から忍び寄って背中を押すのは、春川くんが僕にする挨拶である。

「どうした？　なんか慌ててる」

「レッドに帽子取られた」

「あの兄弟か！　あれはひとりでは捕まえられないよ。俺も手伝うから、ギター置いてくる！」

春川くんが、自宅であるお惣菜屋さんの建物へと駆け込んでいく。

春川くんを味方につけ、僕ら対三兄弟の、鬼ごっこ勝負の火蓋《ひぶた》が切って落とされた。


追いかけ回して十五分ほど、僕と春川くんは、なんとか勝利をおさめた。

「春川くんのおかげで、無事に取り返せた。苦戦したね」

「こいつら、連携プレーで帽子をパスして回すんだもんな。ようやくレッド捕まえたと思ったら、すでに帽子は弟に預けてる」

春川くんは、急な運動で頬を赤くしていた。

「動き回ったおかげで、寒くなくなったからいいけどさ」

僕は右手で長男のレッド、左手で次男のグリーンと手を繋ぎ、春川くんは末っ子のブルーの手を握っている。捕まった三兄弟は、面白くなさそうにむくれていた。捕まった以上は負けを認めているようで、暴れたりはしない。僕と春川くんは、この子たちを保護者の下へと連行している。

「春川くん、ありがとね。助かったよ」

僕がお礼を言うと、春川くんは晴れやかな笑顔でかぶりを振った。

「いいのいいの、スタ練終わって暇だったから。良い運動になったしな」

「スタ練。そっか、ギター持ってたもんね。部活終わっても、まだバンドは続けてるんだ？」

「そりゃあもちろん！　むしろ俺たちのバンドはこれからだ！」

春川くんは、高校で軽音部に所属し、そのメンバーでバンドを組んでいる。春川くんは、部長兼リーダー、ギターボーカルという花形である。作詞作曲も彼がメインでこなしているそうで、春川くんはいなくてはならないバンドの柱なのだ。

そんな春川くんも、現在高校三年生、春になったら大学に進学する。愛する軽音部は卒部して、今は後輩に明け渡している。それでも、三年間一緒にバンドを組んでいた同学年のふたりとは、卒部後もスタジオを借りて一緒に練習しているそうだ。

春川くんが眉を寄せて不満を垂れる。

「かつぶし町って、駅が遠いのが不便なんだよな。交番前のバス停から駅に行って、そこから電車に乗り換えてスタジオまで行く」

「楽器背負ってるし、長距離歩くのは大変だもんね」

「せめてスタジオが近くにあればいいのにな」

そんな話をしていると、春川くんと手を繋ぐ、ブルーが顔を上げた。

「お惣菜屋の兄ちゃん、バンドしてるの？」

「そうだよ。ギター弾けるし歌も上手いぞ、俺。今度聴かせてやるよ」

「バンドって、メンバー紹介するぜー！　ってやるの？」

「それはまだ、したことないな。文化祭とか、地域のイベントくらいしか出たことないから。でもいつか、大観衆相手に叫んでみたいよな。ギターボーカル、春川！　インテリ眼鏡、ベース田嶋《たじま》、天才肌の兄貴分、ドラムス山村《やまむら》！」

春川くんがノリノリで名乗り、ブルーと繋いだ手を振り上げる。ブルーは楽しそうに、甲高い歓声を上げた。

「かっこいー！」

「今に有名人になってやるからなー！」

商店街をしばらく行き、やがて僕らは、古本屋さん、「三枝古書店《さえぐさ》」の前で立ち止まった。

「あ、おもちさんいる」

「にゃ。小槇くんですにゃ」

おもちさんが古本屋さんの店先で日光浴している。そういえば、この場所がお気に入りなのだと先日話していた。

僕は握っていた、レッドとグリーンの手を離した。

「さ、着いたよ」

兄弟は顔を見合わせ、緊張気味に店の戸を開けた。

この謎めいた三兄弟は、初めて会った当時、決まった家を持っていなかった。その後、この古本屋さんでお手伝いをするようになり、そのまま住み込みで働かせてもらっているという。

戸が開くと、奥にいた店主夫婦がこちらに気がついた。

「おまわりさん。それに春川さんとこの子も」

ぱたぱたと駆けつけてきたのは、この店の主人、三枝茂之《しげゆき》さんである。艶の見える丸い頭に、白い短い髪がつんつんと生えたおじいさんだ。

その隣に、彼の奥さん、佳乃《よしの》さんも並ぶ。

「この子たち、なにかいたずらしました？」

短めの髪を首の後ろで縛った、おっとりとした雰囲気のおばあちゃんである。

ふたりとも、店名がプリントされた、藍色のエプロンを身に着けている。古本屋さんは、この老夫婦が切り盛りしている。つまり三兄弟を引き取り、居候として置いてくれているのも、このふたりだ。

「小槇さんの帽子を取って、商店街じゅうを逃げ回ったんだよ！」

僕に代わって、春川くんが告げ口した。三枝さん夫婦が、同時に項垂れる。

「すみません、おまわりさん」

「いたずらしちゃだめと、教えてるんですけど……」

「素直に言いつけを聞く子たちじゃないですにゃ」

夫婦に続いて、おもちさんも言った。レッドはおもちさんをひと睨みすると、ぷいっとそっぽを向いた。

店主の茂之さんが、兄弟を見下ろす。

「おまわりさんに謝ったか？」

「謝るわけねーじゃん。謝んなくても死にはしないんだから。お利口さんになんかなるかよ。つまんねー」

そう吐き捨てて、レッドは夫婦の真ん中を割って入り、店の中へと消えていった。グリーンとブルーも、慌てて兄を追いかける。

「あっ、兄貴。待って」

「兄ちゃん、置いてかないで」

三人とも引っ込んでしまった。見ていたおもちさんが、耳を外側に反《そ》らせた。

「ごめんなさいしなかったですにゃ」

「すみません。よく言って聞かせるので……」

佳乃さんは兄弟の代わりにぺこぺことお辞儀《じぎ》して、彼らを追いかけて店の中へ入っていった。春川くんが軽快に笑う。

「俺もあのくらいの歳の頃は、いたずらばっかして叱られてたなー。流石におまわりさんの帽子を奪いはしなかったけど。なにかしでかすたびに、母ちゃんにしこたま叱られてた」

「ああ……」

茂之さんは、幼かった頃の春川くんを思い浮かべたのか、懐かしそうに苦笑した。春川くんは腕を組んで頷く。

「頭引っ叩かれるなんて日常茶飯事！　俺の背があんまり伸びなかったの、母ちゃんが叩いて縮めたからに違いない」

今でもわんぱく少年の面影を残している春川くんのことだ、小さい頃は一層パワフルだっただろう。と、知り合って二年の僕でも想像できる。

そしてお惣菜屋さんの店先に立つ彼のお母さんは、そんな春川くんを抑え込める肝っ玉母さんである。この人が春川くんをしっかり叱って、尚且つ伸び伸びと育ててくれたから、春川くんはこんな明るく人懐っこい子になったのだろう。

茂之さんは、複雑そうに微笑んだ。

「そうかあ。私たち夫婦も、君のお母さんを見習わないと」

「えーっ、うちの母ちゃん見習うの？　鬼だぞ、鬼！」

春川くんが声を張り上げる。足元では、おもちさんが毛づくろいを始めた。茂之さんは、そんなおもちさんを見下ろした。

「私も妻も、どうもあの子たちを厳しく叱れないんだ。いたずらをしたらいけないと教えてはいるんだけれどね……」

おもちさんは聞いているのかいないのか、せっせと毛づくろいに精を出している。茂之さんの声は、徐々に細った。

「でもあの兄弟は折角、私たちを信頼して身を寄せてくれている。私が怒鳴って、怖い思いをさせたら、泣いてしまうかもしれない」

力なく笑う彼に、春川くんの顔色が変わった。それまでの明るい表情が引っ込み、彼も下を向く。

「そっか。うん、そうだよなあ」

妙に納得する春川くんを、僕はきょとんとして見ていた。

「古本屋さんの三枝さん夫婦、お子さんを病気で亡くしてるんだ」

春川くんがそう話したのは、町をひととおり巡回して、交番へ戻る道すがらだった。おもちさんを抱っこして、彼は僕に、教えてくれた。

「もう五十年以上前だから、俺も又聞きだけどね。やんちゃ小僧のひとり息子がいたんだけど、小学校に上がる頃、当時流行ってた病気に罹《かか》って、死んじゃったんだって」

「そうだったんだ」

真冬の空気が冷たい。春川くんの腕の中で、おもちさんがうとうとしている。冬の鳥が、頭上を飛んでいく。春川くんは、雲の少ない白っぽい空を見上げた。

「三兄弟を居候に迎えたのも、かつて息子さんが使っていた、子供部屋があるからだって。夫婦ふたりで暮らすには広すぎるから、って、うちの店に来たときに話してた」

なんとなく、夫婦の気持ちに想像がついた。彼らは、居候の三兄弟に、在りし日の息子さんを重ねているのかもしれない。

元気いっぱいだった我が子が、病床に伏して、弱っていく。そのときふたりはどんな思いだったか。

春川くんは、おもちさんの背中を撫でながら歩いた。

「息子さんにしてやれなかったこととか、してしまって悔やんでることとか、そういうの、あの三兄弟に繰り返さないようにって……慎重になるのかも。分かんないけど、俺が同じ立場なら、そうする」

これはあくまで、春川くんの想像だ。だけれど、先程の茂之さんのどこか寂しそうな眼差しを思い浮かべると、見当違いではない気がした。

どれだけ尽くしたとしても、必ず後悔が残る。もっと優しく接すれば良かったとか、欲しがるものを全部買ってあげたかったとか。命が短いと分かっていれば、残りの時間は全部、幸せな気持ちでいてほしいと願ってしまう。

春川くんはおもちさんの焦げ目模様を、ぽんぽんと軽く叩いた。

「なんにせよ、一度ガツンと叱ったほうがいいと思うけどな。いたずらしちゃだめだよーって優しく言ったところで、ああいうガキは言うことを聞かないよ。俺がそうだから分かる。言いつけを破ったとしても罰がないなら、いたずらをやめない。面白いんだから当たり前だ」

レッドは、「謝んなくても死にはしない」と言っていた。悪さをしても怒られないから、夫婦を舐めているのだ。僕は細く白い息を吐いた。

「難しいよね。やっていいことと悪いことを覚えさせなきゃいけないけど、萎縮《いしゅく》させてもいけないし、躾《しつけ》と称して怪我をさせてもいけないし」

子育ての難しさの片鱗《へんりん》を見た気分だ。兄弟に伸びやかに暮らしてほしいが、そうして甘やかした結果、あの子たちは夫婦を侮《あなど》るようになってしまった。あの様子なら、三枝さん夫婦もきっと、今の状況に頭を抱えている。

春川くんが、重さでずり落ちるおもちさんを抱え直した。

「おもちさんはどう思う？」

「吾輩、おなかすいたですにゃ」

我関せず焉《えん》のおもちさんに、僕は肩の力が抜けた。

その後日のことだ。相談事を受けて出動し、おもちさんと一緒に、交番へ戻る途中。「三枝古書店」の前を通りかかると、外のワゴンに、三兄弟のグリーンが本を積み込んでいた。

「こんにちは。お手伝いしてて偉いね」

僕が声をかけると、グリーンが顔を上げた。

「お手伝いすると、お小遣い貰えるから」

三枝さん夫婦は兄弟を厳しく躾けることには躊躇《ちゅうちょ》があるが、ご褒美をあげて褒めて伸ばす方については得意なようだ。

グリーンが店内に引っ込むと、次はブルーが同じく本を積みに来て、その次はレッドが出てきた。三人で協力して、代わる代わる本を運んでいる。おもちさんがにんまり笑うかのように、目を細めた。

「勤勉ですにゃあ。よきかな、よきかな」

「根っこは真面目な子たちなのかもしれませんね」

いたずらっ子ではあるが、多分、悪い子ではないのだ。と、思った矢先、店内に戻ろうとしたグリーンと出てきたブルーが、正面衝突した。お互いに謝ればそれで済むものを、ふたりはこんなことで喧嘩《けんか》を始めてしまった。

「痛いだろ！　なんで前を見てないんだよ！」

「ぶつかってきたのはそっちじゃん！　バカバカ！」

グリーンが本でブルーの頭を叩き、ブルーも負けじと本で叩き返した。

「ああっ、こらこら」

僕は仲裁《ちゅうさい》に入ったが、ふたりはポカポカと本をぶつけ合ってやめない。おもちさんが耳を寝かせ、ため息をついている。

ブルーが持っていた本を放り投げ、グリーンはそれを躱《かわ》した。商品の本でやりたい放題だ。そこへ、店内からレッドが出てくる。これがまた最悪なタイミングで、ブルーが投げた本が、レッドの顔面に直撃した。

「いてっ！」

赤いお面がパカンと、軽い音を立てた。薄いプラスチックのお面に、ひと筋のヒビが入る。

レッドは持っていた本を、思い切り振り上げた。

「やったなー！」

「ぎゃーっ！」

レッドがブルーに、本で殴りかかる。止めようにも、相変わらず人間の身体能力を遥かに超えた動きで飛び回るので、僕には捕まえられない。

「こら、やめなさいって」

もちろん、言って聞く相手ではない。喧嘩にレッドまで加勢して、争いは一層激しくなった。彼らはワゴンに飛び乗っては中の本を引っこ抜き、兄弟を叩き、時には本を投げつけた。

僕は夢中で彼らの中に割って入り、今度こそ取り押さえた。

「やめなさい！」

捕まえたのは、右手にグリーン、左手にブルーである。三人中ふたりの首根っこを押さえると、ようやく乱闘は静まった。

しかしまだ、自由な子がひとりいる。

「覚悟ー！」

ワゴンの縁を足蹴《あしげ》にして、レッドが本を振りかざしてくる。それがブルーの頭に直撃した、瞬間だった。

ビッと、本の背表紙が裂けた。

元々古かった本だ。装丁が脆《もろ》くなっていたのだ。乱暴に扱われたその本は、表紙が毟《むし》れ、中のページも折れ曲がった。

思い切り叩かれたブルーは、堰《せき》を切ったように泣き出した。

「痛いよー！　うわー！」

横で見ていたグリーンは、しばし石になっていた。お面で顔が見えないが、青ざめているのは察する。この状況に、流石にまずいと感じているみたいだ。おもちさんは、呆れた顔で眺めている。

レッドは、破けた本を手に、呆然としていた。彼もグリーン同様、我に返ったのだ。

そこへ、半開きだった古書店の戸から、三枝さん夫婦が飛び出してきた。

「なんの騒ぎ？　……えっ」

茂之さんが絶句《ぜっく》し、佳乃さんも、口を手で覆った。周辺に散らかった本と、泣き喚《わめ》くブルー、沈黙するグリーン。破けた本をぶら下げるレッド。

僕は咄嗟に、頭を下げた。

「すみません、もっと手早く止められたら良かったんですが、間に合わなくて……」

僕の声で、固まっていた茂之さんがハッとした。そしてこちらを見下ろして、柔和な笑顔を作る。

「いや、おまわりさんは、ふたり捕まえてくれただけでも充分だよ。私じゃ、ひとりだって捕まえられないよ」

そして兄弟の背丈に合わせて、彼はワゴンの横にしゃがんだ。レッドがびくっと、肩を弾ませた。いくら厳しくできないという夫婦でも、これはきつく叱らざるを得ないのではないか。怒鳴られる覚悟を決めたレッドが、身を固くしている。

しかし茂之さんは、大きな手でふわりと、レッドの頭を撫でた。

「ワゴンセールの本を運んでくれていたんだよな。ありがとう」

「へ？」

レッドが素《す》っ頓狂《とんきょう》な声を出す。佳乃さんが、泣いているブルーを優しく腕の中に包んだ。

「よしよし。痛かったね」

赤ちゃんを泣き止ませるかのように、背中をトントンと撫でている。固まるグリーンにも、彼女は穏やかに微笑みかけた。

「あなたも、びっくりしたわね。もう大丈夫」

夫婦の様子に、僕はぽかんとした。これが春川くんのお母さんだったら、間違いなく引っ叩いていたが、この夫婦は声を荒らげるどころか、やったことを咎《とが》めもしない。

レッドがおずおずと、破れた本を突き出す。

「でも俺、本、だめにした」

それを見ても、茂之さんは笑って首を横に振る。

「いいんだよ、そんなの。お前だって本を破きたくて破いたわけじゃないだろう？」

「そうよ。子供は元気がいちばんだもの」

佳乃さんも茂之さんに続く。レッドはしばらく、破けた本を携《たずさ》えて立ち尽くしていた。おもちさんはまだ、無言で彼を見つめている。

やがてレッドは、パサッと、本を地べたに落とした。

「意味分かんねえ」

消え入りそうな声を、彼は絞り出した。茂之さんが、ん、と聞き返す。レッドは今度は、声を張り上げた。

「お前ら、意味分かんねえ！　大嫌いだ！」

そう叫ぶと、レッドは勢いよく走り出した。その俊足は人間の目に止まる速さではなく、しゅっと蒸発するかのように、僕らの視界から消えてしまった。

「兄貴！」

グリーンが叫ぶ。だが、レッドは戻ってはこない。

三枝さん夫婦は、目を丸くして棒立ちになっていた。そして徐々に、顔から血の気が引いていく。

グリーンがぽつりと、掠れた声を出した。

「兄貴……行こうと思えば、どこまでも行っちゃうよ。オイラたち元々、ずっと遠くの山から、歩いてここまで来たんだ。いくらでも歩ける」

そうだ。彼らは決まった家を持たず旅をして、かつぶし町に流れ着いたのだった。古書店で暮らしているのも、あくまでお小遣い稼ぎのための居候だ。ここでの生活に嫌気が差せば、どこかへまた旅立ってしまってもおかしくない。

それを聞いて、夫婦はさらに不安を募らせた。

「あの子……帰ってきてくれるのか……？」

「そんな、家出なんて……！　どうしましょう」

「落ち着いてください、きっと帰ってきますよ。一緒に捜しましょう」

僕は夫婦を宥《なだ》めて、辺りを見回した。一緒に捜しましょうとは言ったが、この兄弟の素早さは並ではない。

レッドはいつになく興奮していた。頭に血が上った状態で、飛び出していったのだ。単なるいたずらで鬼ごっこに誘っているのとはわけが違う。遊びでさえあんなに苦戦するのだから、本気で逃げている彼が、簡単に捕まるはずがない。

人間の身体能力では無理だ。僕は残っている、グリーンとブルーに言った。

「君たちも捜してくれるね」

「あっ、えっと、うん」

硬直していたグリーンが、わたわたと返事をする。まだぐずっているブルーも、鼻を啜《すす》り上げて頷いた。

三枝さん夫婦は、お店のシャッターを下ろして、「臨時休業」の貼り紙を貼っていた。グリーンが慌てながらも考える。

「神社には顔見知りの子がいるから、もしかしたら、その子のところに行ったかも。でも、もうこの辺りにいるとは限らない。生まれ育った山に帰ったのかもしんない。それか、逆の方に向かったかもしんない」

「海から外国に行っちゃったのかも」

ブルーも目を擦って参加する。夫婦はレッドが戻らない不安で狼狽《ろうばい》している。僕はふたりに語りかけた。

「まずは町内を手分けして捜しましょう」

ついでに僕は、おもちさんにも協力を仰いだ。

「おもちさんも。おもちさんなら、僕らより身軽でしょ」

「面倒ですにゃー。ほっといても帰ってくるですにゃ」

「手伝ってくれたら、おやつ三種盛りです」

「仕方ないですにゃ。吾輩に任せるですにゃ」

一瞬拒んだおもちさんだったが、簡単に手のひらを返した。まん丸の体をぽよぽよさせて、お店同士の隙間へと潜り込んでいく。

おもちさんを見送って、僕らのレッド捜索が始まる。夫婦はお店のエプロンを着けっぱなしで、レッドを捜しに行った。


それから一時間が経過した。

僕は無線で署に連絡を取り、協力を要請しようとしたが、グリーンに止められた。大人数で動けばレッドはそれを察知して、余計に逃げてしまうという。レッドを刺激しないよう、彼が知っている顔ぶれだけで捜した方が、却《かえ》って見つかるというのだ。よく分からない理屈だが、人間離れしているあの兄弟のことだ。同じ属性の弟の言葉は信じられそうなので、彼に従っている。

一時間捜したけれど、レッドはまだ見つかっていない。商店街内と住宅街周辺を捜して、続いて神社を確認した。グリーンが、ここにいるかもしれないと挙げていた場所だ。

しかし石段を上って境内《けいだい》を見てきたが、見つからなかった。石段を下りてきたところへ、漁港方面を見に行った夫婦が、こちらへ向かって走ってきた。

「おーい、おまわりさん。どうですか？」

「まだ見つかりません」

「お手間をおかけして、すみません」

茂之さんが深々と頭を下げる。隣にいる佳乃さんは、しずしずと涙を流していた。

「どうして？　私たち、大切にしてたつもりなのに。『大嫌い』って、捨てられちゃった」

佳乃さんが、濡れた瞳を下に向ける。

「甘やかすばかりだったから、わがままに育っちゃったのかしら。だけれど、亡くした息子を思うと、元気でいてくれるだけで充分って思ってしまうの」

ああ、やっぱり。春川くんの想像どおりだった。

茂之さんは、言いにくそうに、佳乃さんに続いた。

「私たちは、息子が元気だった頃、毎日のように叱り飛ばしていた。だけれど、息子が長くないと分かってからは、もう、叱れなかった」

茂之さんは訥々《とつとつ》と、当時を語った。

近所でも有名なやんちゃ小僧だった息子さんは、夫婦に何度も叱られていた。それでもへこたれない元気な息子さんだったという。

しかしそんな彼が病に侵されてからは、野山を駆け回っていた体は痩せて小さくなり、見る影もなくなってしまった。

「息子の短い生涯を、幸せな思い出だけでいっぱいにしてやりたかった」

息子さんの余命が分かってからは、夫婦はひたすら彼を甘やかした。頼み事はなるべく叶えた。困ったことをしても、絶対に怒らなかった。

それでも息子さんを亡くしてからは、後悔ばかりが残った。元気な内に、もっと好きなだけ遊ばせてあげれば良かった。厳しく叱ったその時間のぶんだけ、抱きしめたかった。

「そんなだめな親だった私たちの下へ、あの兄弟はやってきてくれた。神様がくれた、チャンスなんだと思うんだ」

茂之さんが、掠れた声で語る。佳乃さんはぐすぐすと、涙で頬を濡らした。

ふたりの想いを直に聞いて、僕は胸が痛かった。しっかり叱って、いけないことはいけないと、教えてあげるのも愛情だ。そうだと分かっていても、このふたりの胸には常に、息子さんへの後悔の念がある。それがふたりを、叱れなくする。

言葉をなくす僕の足元に、ふわりと、白い丸いものが寄り添った。

「神様がくれたチャンスじゃないですにゃ。あの兄弟は、息子さんとは別の子ですにゃ」

おもちさんだ。おもちさんも町を回って、ここにやってきたのだ。

「心に開いてしまった穴は、別のものでは埋められないですにゃ。寂しさを紛らわせてくれるだけで、決して、埋め合わせられはしない」

三兄弟は、息子さんの代わりではない。地べたから夫婦を見上げているおもちさんを、夫婦は口を半開きで眺めていた。

に守るですにゃ」

「開いた穴の形が愛おしいのでにゃんしょ？　その心の穴を、埋めも忘れもしないで、大切

　おもちさんが、尻尾をゆらりとひと振りする。

「それとは別に、今はレッドたちに向き合ってあげるですにゃ。だめなことはだめって、教えてあげるですにゃ」

　北風が吹く。夫婦の藍色のエプロンが、パタパタと揺れた。おもちさんはふたりの目をまじまじと見つめたあと、くるりと、僕の顔を振り向いた。

「小槙くん。レッド、もう捜さなくていいですにゃ」

「見つけたんですか？」

「んにゃ。ともかくもう、捜さなくていいですにゃ」

　おもちさんは返事を濁して、僕と夫婦の間を通り抜け、石段を上っていった。丸い体がぽよんぽよんと、一段ずつ上がっていく。やがておもちさんの姿は、見えなくなった。

　茂之さんの弱々しい声が、僕の耳に届く。

「息子の形にあいた、穴……か」

　茂之さんを見上げ、佳乃さんも呟いた。

「レッドちゃん、どこに行ったのかしら。改めてちゃんと話をしたいわ」

「おもちさんは、もう捜さなくていいって言ってたけど……心配ですね」

おもちさんはなにか知っているようだったし、ついていってみよう。僕はもう一度、石段を上りはじめた。夫婦も僕についてくる。

歳の多い夫婦は、長い石段を上れば、ゆっくりでも息切れした。僕はふたりに無理せず僕に任せてほしいと伝えたが、それでも夫婦は、レッドの居場所のヒントのためにと、諦めずについてきた。

あと十段ほどで石段が終わる、そのとき。頭上から聞き慣れた声がした。

「君は、なんで悲しそうなのですにゃ？」

ほわほわとしたまろやかな声は、おもちさんのものだ。僕と夫婦は、石段の途中で立ち止まった。石段の先、赤い鳥居の下。白い丸々とした猫が、足を揃えて座っている。その視線の先は、鳥居の上だ。

「悲しくねえし。ムカついてるんだよ」

ヒーローの赤いお面をつけた少年が、鳥居の上に座っている。まさか、あんな高いところにいるなんて。どうりで見つからないわけだ。一体、どうやって上ったのだろう。

僕は声をかけようとして、呑み込んだ。夫婦も気がついたが、黙って彼を見上げている。

おもちさんが、また訊ねた。

「君は悪さしたのに叱られず、許してもらえたのに、どうしてそんなに悲しそうですにゃ？」

「だから、悲しくねえ。ムカつくんだよ。なんで怒らないんだよ、あいつら」

スニーカーを履いたレッドの足が、ぷらぷらと揺れた。

「『叱られなくてラッキー』より、虚しい気持ちのほうが強い。なんか、遠慮されてるみたいで。顔色窺《うかが》われてるみたいで……すっげー嫌」

レッドの声が、寒空に吸い込まれていく。茂之さんと佳乃さんは、互いの顔を見合わせた。

『どうして？　私たち、大切にしてたつもりなのに』――その佳乃さんの疑問の答えが、見えた気がした。

僕はふたりに、小声で伝えた。

「許されることで救われるときもあるけど、叱られることで救われる場合も、あるんじゃないでしょうか」

レッドは、自分が失敗してしまったことを、分かっていた。間違ってしまった自分を叱ってほしかった。正しい道に導いてくれる、家族が欲しかったのだ。

「そうよね」

佳乃さんが、目を閉じた。

「あの子だって、甘やかされるばかりじゃ嫌よね。優しくされるだけが愛情じゃないって、知ってるんだわ」

そこへ、タタタッと軽やかな足音が響いてきた。

「兄貴ー！」

「兄ちゃん！」

グリーンとブルーも、レッドを見つけたのだ。石段を駆け上がってくる。レッドは僕らに気づいてぎょっとした。立ち上がって逃げようとしたが、弟たちの大声が、彼を引き止める。

「兄貴、待って！　オイラを置いて遠くに行かないで」

「オラ、まだ古本屋さんのおうちに住んでいたい。兄ちゃんと一緒に住んでいたい」

ふたりの叫び声で、レッドは足を止めた。お面の向こうで、どんな顔をしているのだろう。

数秒の沈黙ののち、彼はふわっと、鳥居を飛び降りた。彼の傍へ、グリーンとブルーが駆け寄る。

「わああん！　兄貴！」

「兄ちゃん、どこにも行かないで！」

懐っこい弟たちに、レッドは決まり悪そうに顔を背けた。

「大袈裟すぎ。ちょっと離れたくらいで……」

と、彼が言いかけたときだった。茂之さんが、残りの石段を上りきった。そして三兄弟の前に立ちはだかり、ペチッと、レッドの頭を軽く叩く。

「いきなりいなくなったら、心配するだろう！」

それまで声を荒らげなかった茂之さんが、突然大声を出した。レッドは叩かれた頭を両手で押さえ、グリーンとブルーはびっくりして固まった。おもちさんは、レッドと話していたときの姿勢のまま、ただ見ている。

茂之さんは、両手でレッドのお面からはみ出す頬を挟んだ。

「叱られないと思って調子に乗ったな。どうやらお前は優しく教えても分からないようだから、これからはビシバシ躾けてやろう」

「は……え……？」

しばらく呆然としていたレッドだったが、やがて茂之さんの手を逃れ、転がるように石段を駆け降り出した。

「やべー、怒らせた！　逃げろー！」

レッドが走り出せば、弟たちもキャーッと歓声を上げて、同じく石段を駆け出した。三段飛ばしですっ飛んでいく彼らを、茂之さんが追いかける。

「こらー！」

その後ろ姿を、佳乃さんがくすくすと笑って見守る。彼女は僕を振り向き、会釈をした。

「今日はありがとうございました。ごめんなさいね、家族喧嘩に巻き込んでしまって」

「いえいえ、無事に見つかって良かったです」

見つけてくれたおもちさんは、もう興味なさげに首を足で掻いている。佳乃さんはゆっくりと、石段を下りはじめた。

僕はふう、と白い息を吐いた。僕も帰ろうとして、はたと、目の前に広がる景色に気づいた。

高いところから見下ろす、かつぶし町の全景。見慣れた町並みがミニチュアみたいに小さく見える。商店街の向こうには、銀色に光る海。漁港には船がずらりと並んで、周辺を白い鳥が飛び回っていた。

「わあ。絶景ですね、おもちさん」

町並みを一望して、ちょこんと建っている交番を見つける。ここからだと、豆粒くらいの大きさだ。

僕はいつしかのように、指でフレームを作った。歪《いびつ》な四角形に、目の前の景色を収める。

「公民館にはこの写真はなかったなあ。なんでだろう」

「なんででしょうにゃあ。なにか理由があるのやもしれないですにゃ」

おもちさんは前足で顔を擦っている。僕は指で作ったフレームを下ろした。

「帰りましょっか、おもちさん」

「おやつ三種盛りですにゃ」

「そうでしたね」

晴れ渡った真冬の空を見上げ、僕とおもちさんは、交番へ向かった。

それからというもの、「三枝古書店」から、叱り飛ばす茂之さんの怒号がたびたび響き渡るようになった。茂之さんだけでなく、佳乃さんも布団叩きを武器にして三兄弟を追い回している。それまでのおっとり老夫婦はどこへやらだが、運動量が増えたふたりは、今までより健康的になって活き活きしている。

お惣菜屋さんのカウンターで、店番中の春川くんが頬杖をつく。

「三枝さん夫婦、若返ったよな」

「うん。良いことだね」

ご夫婦が毎日楽しそうな方が、息子さんだって嬉しいのではないか……なんて想像も、頭の端をよぎった。

春川くんが、手のひらに乗せていた頬をぱっと上げた。

「あっ、小槇さん！」

彼が注意を促《うなが》そうとした、そのときにはもう遅かった。僕の帽子が、ヒュンッと吹っ飛ぶ。

「帽子ゲットー！」

赤いお面の子供が、僕の帽子の鍔《つば》を持って、商店街を駆け抜けていく。その後ろを、弟たちが続く。

「兄貴、すっげー！」

「兄ちゃん、オラにも貸して！」

「またか！　こら、待ちなさい！」

隙だらけの僕も僕だが、彼らも懲りないものだ。大笑いする春川くんを背に、僕は三兄弟を追いかけた。

ねこねこ交通安全教室

　夕方から夜は、交通事故が起こりやすい。冬は暗くなるのが早いから、特に注意が必要だ。暗いと視界が悪くなるので、歩行者や自転車の発見が遅れやすくなる。速度超過にもなりやすい。早めのライト点灯で自分の車の存在を周りに知らせ、昼間より速度を落として、慎重に運転するように……と、僕ら警察は呼びかけている。

「そういうわけですから、おもちさんも夕方や夜の散歩は気をつけてくださいね」

「ですにゃあ」

　現在、まさに日が傾いてきた頃だ。まだ明るいからといってライトを点けていないと、あっという間に暗くなる。

「ここの交差点、一時停止の標識を見落とす人が多いんですよ。おもちさんも、道路を渡る前は一時停止してくださいね。車が来てないことを確認してから通ってください」

　かつぶし町でも、小さな事故はよく起こる。住宅街周辺は見通しの悪く、河原は道が狭くて対向車とすれ違えない。

現在僕とおもちさんが歩いている場所は、まさに前者の、住宅街の一角である。道が入り組んでいてややこしく、道幅も広くない。車自体は少ないが、それ故に気が緩んで標識を無視してしまう人がいたり、そもそも標識に気づかない人もいる。

「かつぶし町の道路って、結構危なっかしいんですよ。交通安全教室で資料に使われてることもあるって、交通課の先輩が言ってました」

実際に事故が起こった場所や、違反があった場所は、警察署内でデータを残している。交通事故を取り扱うのは交通課の仕事だが、僕ら地域課の交番勤務も、最前線で現場に駆けつける。だから、自分の手の届く範囲内の危険箇所は、把握しておきたい。

真面目にパトロールをする僕とは対極に、おもちさんは気の抜けた声で言った。

「柴崎《しばさき》ちゃんからもよく言われるですにゃ。飛び出す野良猫が危ないから、吾輩から伝えておくようにって」

柴崎さんというのは、僕と同じくかつぶし交番に勤務する先輩である。クールビューティのかっこいい女性で常に一分の隙もなく見えるが、猫好きなため、おもちさんを含め、猫には甘い。

「そうですか。柴崎さんは猫大好きですもんね。猫たちのためにも、猫が交通ルールを理解してくれたらいいんだけどな」

難しいのは当たり前だが、そう思ってしまう柴崎さんの気持ちはよく分かる。

猫といえば、先日、それこそ柴崎さんから興味深い話を教えてもらった。

「船乗り猫……」

「にゃ?」

おもちさんが、呟いた僕を見上げる。僕は漁港の方角に顔を向けた。

「柴崎さんから聞いたんです。昔の船乗りたちは、船に猫を乗せていたんですって」

ここからは見えない、漁港の景色を思い浮かべる。岸の傍にずらりと並ぶ漁船。それが反射した水面の揺らめき、魚と潮と、船の匂い。僕は柴崎さんの語り口を少しだけ真似た。

「船に忍び込んだネズミが、食料を食べちゃったり、ロープとか船の部品を齧《かじ》ってしまう被害が深刻だったそうで。そこで猫に一緒に船に乗ってもらって、ネズミを退治してもらうんです」

長く海の上で生活する船乗りたちにとって、船乗り猫は旅の相棒だったそうだ。

猫にまつわる言い伝えも、国や地域それぞれに、たくさんあった。猫が毛並みに逆らって毛づくろいをすれば天候が荒れる予兆、くしゃみをしたら雨。眠れば海が穏やかに、騒げば時化《しけ》に。進む方向が分からなくなってしまったときは、猫が向いた方角が北。迷信が殆《ほとん》どだろうけれど、こんなにいろんな言い伝えがあるのは、それだけ船乗りにとって猫が大切な仲間だったという証だろう。

古くから漁の町であるかつぶし町でも、猫たちは船乗りに愛されてきたのかもしれない。

「という話を、柴崎さんが。猫好きの柴崎さんだから、こういうこともご存知なんでしょうね」

「柴崎ちゃん、随分お喋りになったですにゃ」

「初めて会った頃よりずっと！　僕も楽しいです」

ここの交番に赴任したばかりの頃、僕は柴崎さんが少し怖かった。クールで一部の隙もない彼女は、常に不機嫌に見えて近寄りがたかったのである。

でも、彼女を知れば、彼女の優しさはすぐに見えてきた。今では萎縮していたのが嘘《うそ》みたいだ。柴崎さんは相変わらず無表情でロボットみたいな人だが、こうして猫の話をしてくれるし、歩み寄ってくれているのが分かる。

僕はさらに、柴崎さんから聞いた船乗り猫の話を振り返った。

「中には、特に縁起のいい猫もいたそうですよ。そこにいるだけで福を呼び込んで、船が遭《そう》難《なん》しない、お守りのような猫。……って、そんな昔の話、僕よりもむしろおもちさんの方が詳しいですよね」

おもちさんは誰よりもこの町に住んで長い。もしかしたら、船乗り猫が現役の頃にもこの町で暮らしていたのかもしれない。

「そうだ、おもちさん自身も船に乗っていたのかも！　乗ってましたか？　船！」

「覚えてないですにゃ。ふあぁ……」

おもちさんが目をきゅっと閉じて、牙を見せて欠伸をする。

人々の営みに当たり前に馴染んで、自然と言い伝えが集まってくる……船乗り猫もおもちさんも、そんな存在だ。

「まあ、昔のことはいっか。それよりおもちさんは、現在の交通ルールを守ってくださいね」

僕が話を戻すと、おもちさんは耳を寝かせて面倒くさそうな顔をした。

「人間はルールがいっぱいで大変ですにゃあ。吾輩、猫だから分かんないですにゃ」

「たしかに猫ですけど、おもちさんは言葉を話せるんだからルールを理解できるでしょ。最低限、一時停止は覚えてください。車道に猫が飛び出してきて、それを引き金に起こる事故もあるんですよ？　猫がはねられてしまう事故だって……」

「ふあ……眠たいですにゃ」

馬の耳に念仏ならぬ、猫の耳に交通安全教室である。おもちさんは、興味なさそうに欠伸をした。

狭い交差点に差し掛かる。四つの角には民家が建ち、カーブミラーはあるが、目視できる範囲は狭い。絵に描いたような〝見通しの悪い交差点〟だ、と考えていると、車道を挟んで向かい側に、手を振る少年の姿を見つけた。

「おもちさん、おまわりさん。こんにちは」

カメラを持った、弘樹くんである。道幅が狭いおかげで、道路を挟んでいても、大声を出さずに会話できる。

「こんにちは。公民館の写真、見たよ」

「やめてよ、恥ずかしい。まあ、おもちさんには付き合ってもらったし、なにかお礼しないとね」

弘樹くんが腕を組む。

「おやつ買ってきてあげる。なに食べたいか、希望ある？」

「おやつ!?」

途端に、おもちさんの耳がぴんっと立った。黄金色の目をきらきらさせて、おもちさんは、弘樹くんの方へと駆け出した。

「猫ちゃんクッキーまぐろ味、ササミビスケット、猫かまぼこ。それと、それと」

「あっ、おもちさん！　道路に飛び出したら……！」

僕は角のカーブミラーを見て、血の気が引いた。僕らと弘樹くんの間を通る道路を、車が走ってきている。ここからでは死角に入って見えないが、ミラーにはしっかりと映っている。

僕の呼び声で、おもちさんが立ち止まった。僕は後先考えず、腕を伸ばしていた。

道路の真ん中で止まるおもちさんに、ドライバーが気づいたのだろう。車がキキーッと、急ブレーキの音を轟《とどろ》かせる。

僕はおもちさんの腰を両手で捕まえ、道路からひったくった。屈んでおもちさんを回収した僕は、バランスを崩して横断歩道に転がった。おもちさんを自分の下敷きにしないよう、腕だけは高く伸ばしておもちさんを死守する。弘樹くん側の歩道に滑り込んで、どうにか車道を突破した。

僕は歩道で、腹這《はらば》いになっていた。よろっと顔を上げると、僕の手を毛の中に埋め込ませたおもちさんが、びっくり顔でこちらを見下ろしている。

車は停まっている。中からドライバーの中年男性が下りてきて、こちらに駆けつけてきた。

「すみません！　大丈夫ですか!?」

「い、一時停止……」

無我夢中でアスファルトを転がってしまったせいで、全身を打ちつけた。それだけでなく、制服越しに擦りむいたようで、腕と脚が痛む。弘樹くんがしゃがみこんで、僕の顔を覗き込んだ。

「おまわりさんが事故った。え、これ警察呼んだ方がいいかな。ここにいるけど」

「一時停止してくださいねって……」

僕はむくりと、体を起こした。ドライバーが青い顔でおろおろしている。僕は今まで出したことがないような大声で、叫んだ。

「一時停止してくださいって、さっき言ったばかりでしょうが！　おもちさん！」

「ひっ、すみません！」

ドライバーがびくっと身を縮ませ、それから真顔になった。

「おもちさん？」

「交番の猫が交通ルールを守らないなんて、恥ずかしいですよ！」

目をぱちくりさせるおもちさんに、僕はきつく言い聞かせた。最初は驚いていただけだったおもちさんも、次第に状況が分かってきたようで、耳がしょぼんと下がった。

「ご、ごめんなさいですにゃ」

僕はおもちさんを両手で掴《つか》んだまま、停まっている車を睨んだ。前輪が停止線を越えている。震えているドライバーにも、僕は鋭い視線を向けた。

「あなたも。この道は初めてですか？　標識、気づきませんでしたか？」

「いえ……その、慣れで、つい」

おもちさんもドライバーも、どちらも不注意だったのだ。僕は両方の顔を、交互に見た。

「交番で話をしましょうか」

「はい……」

「ふむ、普段怒らない人が怒ると、怖いですにゃ」

おもちさんは、耳をぺたんこに倒して、尻尾を後ろ脚の間に巻き込んでいた。

「それじゃあ、一時停止違反ということで、点数が二点つきます。あなた以前にも同じ違反と、無灯火をしてますすね？　次は一点でも免停ですよ」

「はい、本当に申し訳ない」

「反則金の支払いは、金融機関で。窓口でこの紙を出してくださいね」

交番に戻った僕らは、違反したドライバーの手続きを終えた。おもちさんを庇《かば》った僕は多少怪我をしたが、車と接触はしていないし、僕の方から飛び出したので、それはドライバーの責任にカウントしない。

ドライバーはぺこぺこと頭を下げて、交番を出ていった。これでひと区切りついた。まだこの事案の処理は終了ではないが、その前に。

僕はキャビネットの中に潜り込んでいるおもちさんに、顔を向けた。

「さて。次はおもちさんの番です」

叱られるのが分かっているおもちさんは、狭いところに篭《こ》もって避難している。

「吾輩、ごめんなさいって謝ったですにゃ」

「ごめんで済んだら警察は要りませんよ。いいですか、おもちさん。事故や違反をしたら、点数がつけられます。その点数が貯まると免停になります。免停になると、点数に応じた期間、車を運転できなくなります」

　違反には罰則が必要だ。しかしおもちさんには、停止する免許がない。罰則がないなら、作るしかない。

「おもちさんが違反を繰り返す場合、免停……即《すなわ》ち、一定期間のおやつ禁止措置《そち》でどうでしょうか？」

「にゃ!?　おやつ禁止!?」

　おもちさんがキャビネットの中で目を見開く。

「なんと恐ろしいことを思いつく！　もうしないから許してほしいですにゃ！」

　慌ててキャビネットから出てきて、僕の脚に前足で縋《すが》りついてくる。擦りむいたところに爪が刺さって痛い。

　おもちさんが交通ルールをなあなあにするのは見過ごせないが、かといって、違反してから後出しでこのルールを適用するのはフェアではない。僕は少し考えて、提案した。

「では、交通安全教室をしましょうか」

「交通安全教室、ですにゃ？」

「はい。軽微《けいび》な違反の累積で一定の点数に達してしまった人の中でも、条件を満たしてる人であれば、行政処分を免《まぬが》れる制度があるんです。その、免停の代わりに受けるのが、違反者講習です」

僕の説明を、おもちさんは目をぱちくりさせて聞いている。

「おもちさんには、この違反者講習みたいに、僕が講師をする交通安全教室を受講してもらいましょう」

先程までのおもちさんは、交通ルールを教えてもどこ吹く風だった。だが、こういう条件でなら聞かざるを得ない。おもちさんは、僕にしがみつく前足をそっと離した。

「つまり、それを受ければ、おやつ禁止を免れるですにゃ？　ならば喜んで受けて立つですにゃ」

「よろしくお願いします。実施日は、次の当直の日にしましょうか」

このときはまだ、僕はこの交通安全教室がどうなってしまうか、知る由《よし》もなかった。


その三日後。おもちさんと約束した、交通安全教室の日である。

交通安全教室といっても、きっちり枠を取って講義をするわけではない。普段どおりのパトロールにおもちさんについてきてもらい、おもちさんの縄張りの範囲で危険なポイントを説明する、ツアー形式にした。

「ここは車が多いので、あんまり渡らないように。どうしても向こう側に行きたいときは、右を見て左を見て、もう一回右を見るんですよ」

「吾輩、猫だから、見なくても音で車が来てるか分かるですにゃ」

「車の前に飛び出した猫がよく言いますよ」

おもちさんと共に、町を行く。交番のすぐ前の道路、交通量の多い場所。「猫が飛び出してきた」という理由で事故が起こりやすい、漁港付近の道。狭すぎて人の出入りはないが、猫なら飛び出してくる、民家の隙間。人間にとっての危ない場所と、猫にとっての危ない場所は、被っているところもあるが、猫ならではの場所もある。

おもちさんは初めは「おやつのため」と仕方なしについてきたが、聞いているうちに、だんだんと顔つきが変わってきた。

「小槇くんの案内は頭に入りやすいですにゃ」

「恐縮です」

「吾輩だけが享受《きょうじゅ》するのは勿体《もったい》ないですにゃ。実は、とある一家のお母さんが、子供たちに危ない場所を教えたいって言ってたですにゃ。その子たちにも、この講義を受けてほしいですにゃ」

おもちさんはそう言うと、僕を置いてぽてぽてと藪《やぶ》の中へ消えた。

「呼んでくるですにゃー」

「参加者が増えるんだ。まあ近所の子供たちに気をつけてもらいたい場所はあるし、いいか」

なんて思っていたら、おもちさんが連れてきたのは、二匹の小さな猫の兄弟と、親の茶トラだった。

「あっ、『とある一家』って猫の親子なんですか！」

「そりゃそうですにゃ。猫向けの交通安全教室ですにゃ」

おもちさんが当たり前のように言う。

「この子たちは、去年の八月生まれの新米ですにゃ。吾輩はずーっと長くこの町で暮らしてるから、危なそうな場所はなんとなく知ってるですにゃ。けど、危ないところを分かってない子猫さんたちには、もっとお勉強が必要ですにゃ」

「そうですね。飛び出してくると危ないのは、おもちさんだけじゃないですもんね」

とはいえ、猫に僕の講義が分かるのだろうか。おもちさんは人の言葉を話す猫だから通じるが……。なんとも言えないが、おもちさんが連れてきたのだから、おもちさんから説明してくれるかもしれない。

僕とおもちさんが先へ進めば、猫の親子もあとを追ってきた。商店街に入ると、買い物客やお店の人々が、僕に猫が四匹もついてきていることに気づいて二度見した。

狭い路地に入り、僕は猫たちに言った。

「ここは側溝《そっこう》の蓋が開いていて、時々子猫が落ちてしまいます。大人の猫なら自分で上がれますが、まだ小さいうちは、ここは通らないようにしてください」

「横の塀が、穴の真上で途切れてるですにゃ。塀を歩いていて、飛び移るのに失敗すると、溝に落ちてしまうのですにゃ」

　おもちさんが付け足す。猫の親子は聞いてくれているのか、こちらを見つめている。よく見ると、先程までいなかった牛みたいなハチワレの猫と、灰色の猫が増えている。

「あれ？　君も講義を受けに来たの？」

　新顔の二匹が、それぞれニャアと鳴く。まさか本当に講義を受けに来たとは思えないし、単に群れを見つけて、僕が餌でも持っていると思ってついてきたのだろうか。

　真偽は不明だが、引き続き、パトロール兼講義を行う。次のチェックポイントに向かう途中、すれ違った人が「えっ」と声を上げた。

　続いての要注意箇所は、民家の脇を流れる用水路だ。

「この用水路、散歩中の犬が落ちてしまったことがありました。猫でも同様の事故が起こりえます」

「以前、そこの電柱にカラスさんが巣を作ってたですにゃ。猫を威嚇《いかく》するですにゃ。今はもういないけど、巣作りの季節になったらまた来るかもしれないから、この道は注意するですにゃ」

「それって『交通安全』なんですか？」

「空の通行人だって無関係じゃないですにゃー」

いつの間にか、おもちさんが講師側になっている。長くこの町で暮らし、お気に入りの場所も危険な場所もよく知っているおもちさんだから、語れるのだ。

そしてまたもや、別の猫が増えている。今度は三毛とサビとキジ白の三匹である。

「振り向くたびに猫が増えるなあ」

僕はつい、自分の後ろについている猫を数えた。おもちさんも含めて、全部で九匹もいる。

ふいに、頭の中にあの言葉が浮かぶ。「船乗り猫」――やはり漁の町であるこの地では、猫は古くから愛されていたのだろう。そして今ここにいる猫たちは、そんな船乗り猫の子孫だったりして。

「ええと、次に行きますよ」

困惑しつつも先に進むと、猫たちも一斉に追ってきた。

「わ、おまわりさん。どういうこと?」

かつぶし神社へと続く道で、弘樹くんと会った。僕は自分でも、この状況を上手く説明できない。

「なんか、いっぱいついてきちゃって……」

　危険箇所を巡ってここに出てくるまでに、僕の後ろについてくる猫は、二十匹を超えていた。野良猫がこんなにたくさんいたなんて知らなかった。しかもそれが、交通安全教室を真面目に受講するために、ぞろぞろついてくるとも思わなかった。馬の耳に念仏ならぬ、猫の耳に交通安全教室……と思っていたのに、こんなに興味を持ってくれるとは。馬も念仏を聞くかもしれない。

「すげー。撮っていい？」

「うん、どうぞ」

　弘樹くんは驚きながらカメラを構え、シャッターを切った。ついでに写される僕も、ピースしておく。カメラをずらして、弘樹くんが顔を覗かせた。

「おまわりさん、この前怪我してたよね。あのあとすぐに交番行っちゃったから、俺、なんにもできなかった。ごめん。大丈夫だった？」

「うん、打ち身とかすり傷だけ」

「ならいいけど。お大事にね」

　弘樹くんはもう一度カメラを向け、猫の集団の写真を撮った。

　僕がまた歩きはじめると、おもちさんがついてきて、猫がついてきて、弘樹くんまでついてきた。

「コンテスト用の写真は決まった?」

「まだ決まってない。応募期限までとにかくいっぱい撮って、その中から選りすぐりを出すつもり」

弘樹くんが猫を見下ろす。

「カルガモの親子みたいに猫を引き連れてるおまわりさんというのは……面白いけど、風景写真ではないな」

彼が現在撮り集めているのは、コンテスト用の風景写真だ。だが、普段から風景写真にこだわっているわけではなく、気になったものはジャンルに関係なく撮ると話していた。猫の集団も、彼の中の一枚になる。

そういえば、弘樹くんは撮りたいものに悩んで迷走していた頃、心霊写真にも興味を持ったと話していた。それも小学生の頃だと言っていた。

弘樹くんは現在中学生で、凪ちゃんと同い年だ。凪ちゃんが小学生時代に聞いたという神社の怪談についても、彼なら知っているかもしれない。

「弘樹くん、かつぶし神社にまつわる怖い話、知ってる? 髪の長い女性の幽霊が出るって」

噂の根源を突き止めれば、凪ちゃんはきっと、恐怖を克服できる。そのヒントが貰えればと訊ねてみると、弘樹くんの顔色が、すっと変わった。

「かつぶし神社の幽霊。もしかしておまわりさん、凪と話した？」

「弘樹くんと凪ちゃん、知り合いだったんだ」

後ろからは、猫の群れが追従してくる。おもちさんもその中に紛れて、僕らを見上げていた。

弘樹くんが凪ちゃんと知り合いなら、話が早い。僕は彼に、件《くだん》の事情を話した。

「凪ちゃんはこの怪談を聞いて以来、今でもかつぶし神社を避けてるんだ」

「そうなのか。あいつ、未だに……」

弘樹くんは顔を伏せ、自身の影を睨んだ。

「その怪談、凪に話したの、俺なんだ」

「えっ！　弘樹くんだったの!?」

驚いて、つい大声が出た。猫たちは一瞬、全員目を丸くしたが、逃げたりはしなかった。

弘樹くんが頷く。

「そうだよ、俺の即興作り話。凪にしか話してないから、おまわりさんが知ってるってことは、凪から聞いたんだってすぐ分かった」

そうだったのか。どうりでおもちさんも笹倉さんも知らないわけだ。弘樹くんが、さらっと続ける。

「その頃まさに、心霊写真に嵌《はま》ってた時期でさ。怖い話に物怖《ものお》じしない奴って、クラスで一目置かれるだろ？　そうなりたかったんだよ」

僕は肩透かしを食らった。凪ちゃんはあんなに恐怖を引きずっているというのに、真相はこれだ。

後ろで猫が鳴く。脇の民家の庭木から、小鳥が飛んだ。弘樹くんは僕を一瞥し、カメラを指で撫でた。

「そんな事情もあって、『かつぶし神社に心霊写真を撮りにいこう』と、凪を誘ったんだ」

凪ちゃんは、怪談を教わったクラスメイトに、神社へ連れ出されたと話していた。彼女のトラウマは、怪談そのものより、この出来事だ。

「凪とは仲が良かったんだよ。あいつの家、でっけー犬がいて、俺はそれを撮りたくて話しかけたんだ。家に遊びに行って、犬を見せてもらって、話してるうちに仲良くなって。それ以来、よく一緒に遊んでた」

「それじゃ、神社に誘ったのも、君にとっては肝試しをして遊ぶくらいの気持ちだったのかな」

「うん。あんなに怖がると思わなかった」

弘樹くんの声が、少し、萎《しぼ》んだ。

「夕方の神社に誘った時点で、凪はあんまり気乗りしてなかった。俺もガキだったからさ、犬の散歩のついでにとしつこく頼んで、付き合ってもらったんだ」

頭の中に、情景を思い浮かべた。夕暮れ時の赤い空の下。エクと、今より小さい凪ちゃんと弘樹くん。茂った木の葉の中に延びて、夕闇を呑み込んだような、神社の石段。

「石段の直前で、凪は一気に怖くなったみたいでさ。『やっぱ帰る』って、走って帰っちゃった。相当怯えたっぽくて、犬のリードも放り出してった」

凪ちゃんがいきなり帰ってしまって、弘樹くんとエクが取り残されてしまった形だ。弘樹くんの横顔が、細く長いため息をついた。

「それっきり、凪に避けられるようになった。まあ、怖い思いさせたから当然なんだけど……そんなことで怖がって、バカじゃねえのとも思ったし。俺も意地張って、謝れなかった」

悪いのは全面的に俺だけどさ、と、弘樹くんは自嘲《じちょうてき》的に笑った。

「そのまま小学校を卒業して、凪は私立中学に入って、俺は公立に進学した。今じゃもう、顔を合わせる機会すらない」

仲良く遊んでいたはずのふたりは、些細《ささい》な出来事を機にすれ違い、そのまま離れ離れになった。今でも、溝が埋まっていない。

「あいつ、まだあんなこと覚えてたんだな。もうどうせ会う機会もないんだから、忘れればいいのに」

弘樹くんは、呆れた口調で言って肩を竦めた。

いつの間にか、猫たちのビー玉のような目が、弘樹くんを見上げていた。彼らも思うことがあるのだろうか。

そのうちの一匹、おもちさんが、黄金色の目でまばたきをした。

『あんなこと』を忘れてないで、事細かに覚えてるのは、君も同じですにゃ」

弘樹くんが、おもちさんに目をやる。おもちさんは、弘樹くんの足元へ回った。

「後悔してるから、忘れられないですにゃ」

弘樹くんが言葉を呑む。おもちさんは、尻尾を左右に小さく振った。

「凪ちゃんはまだ、怖い思いしてるですにゃ。君はきちんと説明したほうがいいのでは？

一目置かれたくて、作り話しちゃったと」

「そうだよ。君、本当は謝りたかったんでしょ？」

僕もおもちさんに加勢した。先程の口振りから、弘樹くんの自責の念を感じられた。なぜか後ろの猫たちが、みんなでニャアニャア鳴き出す。「そうだそうだ」と言っているように聞こえた。

弘樹くんは、う、と呻《うめ》いて、言い訳を始めた。

「でも、学校違うから会えない」

「電話でもメールでも、手紙でもいいんじゃない？」

「今更謝ったって、『なんだこいつ』って思われるよ。余計に嫌われるだろ」

ぎゅっと、弘樹くんはカメラを支える指に力を込めた。お節介な僕は、彼を放ってはおけなかった。

「それでいいのかな。一生悔やむかもしれないよ？」

伝えたいことは、伝えられるうちに伝えた方がいい。

「疎遠《そえん》だった人からいきなり連絡があったら、びっくりするかもしれない。けど、友達だったなら、話を聞いてくれるんじゃないかな」

「それで許してもらえなかったら、今度こそ終わりじゃん」

弘樹くんが渋る。

謝れないのは、プライドが許さないからでも、機会がないからでもない。許されなかったときが怖いから、それならいっそ、このまま曖昧《あいまい》にしておきたい。――そんな気持ちが伝わってきて、胸がちくりとした。

悩める面持ちが、おもちさんの瞳に映る。

「その不安な気持ちも、凪ちゃんを大切に思ってる証拠ですにゃ。大好きな友達から、嫌われたくなんかないですにゃ」

おもちさんはそう言うと、行く先に見える神社の方へと顔を向けた。

「凪ちゃん、前にこの辺でエクレアさんのお散歩してたですにゃ。君も町の写真を撮って回ってるなら、いつかばったり会っちゃうかもしれないですにゃあ」

「まあ……会っちゃったら、無視はできないな」

弘樹くんはそんな言い方をしたが、どこか腹を決めたように見えた。

そして俯《うつむ》いていた顔を、冬の青空に向ける。

「エクの散歩してたのか。エク、まだ元気なんだな。出会ったときからすでに歳取ってたのに、頑張ってんだな」

「君と凪ちゃんが喧嘩しちゃったとき、エクも一緒にいたんだったね」

僕が言うと、弘樹くんの白い息が、空中に伸びた。

「うん。あいつ、困った顔してたっけ」

動揺するエクの顔が、目に浮かぶ。自分の主人である凪ちゃんとその友達が喧嘩をして、凪ちゃんは自分を置いていってしまったのだ。

虚空《こくう》を仰いでいた弘樹くんは、さてと切り替えた。

「それじゃ、俺はそろそろ帰るよ。怪我、お大事にね」

「ありがとう。気をつけて帰ってね」

弘樹くんが角を曲がっていくのを、僕は猫たちと一緒に見送った。僕も改めて、猫を振り向く。

「最後のチェックポイントに向かいましょうか。かつぶし神社の石段です。雨の日は滑りやすくなるので、転んでしまう人が多発。猫も、転げ落ちたら大変ですからね」

猫たちはにゃあと返事をしたりしなかったり、それぞれ気まぐれな態度でそこにいる。それぞれのペースでぱらぱらと、僕についてくるのだった。


次の当直日の朝。僕は、前日に当直だった柴崎さんから、仕事の引き継ぎを受けていた。

「昨日は交通事故ゼロ件です」

柴崎さんの黒髪が、窓から差し込む冬の日差しで艶めいている。柴崎さんは、感情の読み取れない無表情で、事実だけを淡々と僕に引き継いだ。

日当たりの良いカウンターの上で、おもちさんが寝ている。脚を投げ出して横になり、僕らの方に焼き目模様の背中を向けている。

柴崎さんは凍ったような無表情のまま、言った。

「事故ゼロ件、不審者情報もゼロ件でしたが、近隣住民から呼び止められ、大量の猫を率いた小槇くんの目撃情報が多数寄せられました」

「あっ。それは……」

そうだった。交通安全教室の様子は、町の人からも見られている。

あのあと猫たちは、最後のチェックポイントに着くやいなや、蜘蛛《くも》の子を散らすように解散した。まるで交通安全教室はこれで終わりだと、理解しているみたいだった。

柴崎さんは、抑揚のない声で続けた。

「大量の猫を引率するとはどんな事情なのかと、おもちさんに訊ねてみました。ですが『交通安全教室』などと言うだけではっきりしません。一体なにがあったんです？」

「遊んでたんじゃないんです。おもちさんの言うとおりで、交通安全教室をしてたんですよ。元はおもちさんだけに受講してもらうつもりだったんですが、知らないうちに大所帯に……」

説明しながら、信じてもらえるか不安になった。僕だって、なにが起きたのか訳が分からないのだ。

「ともかく、餌を撒《ま》いて集めたとかではないんです。僕は猫さんたちに、事故が起きやすい場所を教えていただけです」

「交通安全教室を受講しに、猫が自ら寄ってきたと？」

「そうです」

淡々と問い詰められると怖い。嘘を言っていると思われたら嫌なのだが、嘘みたいな真実だからどうしようもない。

柴崎さんはしばらく僕の顔を眺め、表情を変えずに言った。

「羨《うらや》ましいんですけど、どうやったんですか？」

「羨まし……あ、そっか、柴崎さんは猫好き……」

怒っているかのように見えて身構えてしまったが、そうだった。柴崎さんは表情を動かすのが下手なだけで、怖い人ではないのだった。

ごく普通の町なのに、時々、不思議なことが起こるかつぶし町。嘘みたいな真実、猫の交通安全教室も、案外受け入れられてしまうものなのかもしれない。

「おもちさんが呼びかけたんだと思います。多分」

「真似させていただいても？」

「ぜひ。交通事故ゼロ件だったようですし、意義のあるものかと」

思えば、猫に交通ルールを守ってほしいと言い出したのは、柴崎さんだった。なんにせよ、事故も違反もない方がいい。おもちさんも交通ルールを守っているようだ。

今日も無事故無違反で、ご安全に。

名探偵・春川くん

「よいしょっと」

その朝、僕はおもちさんの猫ちぐらを持って、交番の外へ出た。猫ちぐらのてっぺんには、大きく「廃棄《はいき》」と書いた貼り紙。

かつぶし交番には、他の交番には置いていないようなものが、当たり前のようにある。おもちさんのための、猫用品の数々だ。猫ちぐらも、その中のひとつである。

おもちさんは、いつからこの交番に住み着いていたのか、誰も知らない。ただ、今まで誰も追い出さなかっただけだ。

その昔、交番の警察官たちは、おもちさんが生活しやすいように、ごはんのお皿やふかふかな毛布などを持ち寄るようになった。現在もその延長で、猫用の家具がひととおり揃っている。主な出資者は、警察署長だ。猫好きな彼は、おもちさんのためにいろいろと買ってくる。猫ちぐらは、まさに署長からのプレゼントだった。

交番の建物の脇に、猫ちぐらを下ろす。きゅっと締まった編み目が美しい、猫ちぐら。かまくら型の猫用の寝床で、おもちさんのは、中にクリーム色のクッションが敷かれている。草むらを背景に佇《たたず》むその姿は、どことなく淋しげに見えた。

そこへ、幼い女の子が通りかかった。

「おまわりさん。それ、猫ちゃんのベッド？」

小学校中学年くらいだろうか。髪を耳の上でちょんと縛った、ぽってりした頬のかわいらしい子である。ランドセルを背負って、これから学校へ向かう途中のようだ。

「おはよう。そうだよ、これはおもちさんのベッド」

「捨てちゃうの？　ベッドなくなったら、おもちさんはどこで寝るの？」

「おもちさんは、どこでも寝るよ。これは狭いところに入りたいときに潜る場所」

おもちさんは僕らの膝、布団の中やキャビネットの上など、好きなところで好きなだけ寝る。猫ちぐらはあくまで、そのひとつに過ぎない。そして今はもう、これは使っていない。

「うどんちゃん事件……ええと、とある一件以来、お気に召さなくなっちゃった」

以前、交番で異臭騒ぎがあり、嗅覚の鋭いおもちさんは大打撃を受けた。おもちさんの猫用品に悪臭がつかないよう、保管する部屋を変えて対応したのだが、猫ちぐらだけは間に合わなかった。おもちさんが嫌う匂いが染み付いてしまい、すっかり入ってくれなくなった。

女の子は、ランドセルの肩ベルトを両手で握り、ふうんと鼻を鳴らした。

「捨てちゃうなら、貰ってもいい？」

「この猫ちぐらを？　なにに使うの？」

「学校終わったら、貰いにいくね」

女の子はそれだけ言うと、学校に向かって走っていった。

お下がりの猫ちぐらなんか、なににするのだろう。あの子の家にも猫がいて、新しい寝床としてプレゼントするのだろうか。そうだとしても、おもちさんが嫌がるにおいが染み付いているのなら、他の猫も入らないかもしれないが……。

「どちらにせよ捨てるつもりだったし、いいか」

僕は貰い手がついた猫ちぐらを背に、ひとりごとを言った。


そんな出来事があった後日、午後三時半。パトロールから交番に戻る途中、お惣菜屋さんの前で、見知った顔ぶれに会った。

「小槇さんだ！　お疲れ様ー」

「こんにちは、おまわりさん」

お惣菜屋の春川くんが、コートとマフラーで着膨れしたもこもこな姿で、黒猫を抱っこしている。その隣には、日生《ひなせ》さんもいた。僕はふたりと一匹に会釈した。

「こんにちは。お揃いでどうしたの？」

「日生さんは今日、会社の振替休日なんだって。おのりちゃん見たいって言ってたから、見せてた」

春川くんが黒猫、おのりちゃんをこちらに掲げる。おのりちゃんは緑色の瞳をきらりとさせて、僕にニャンと鳴いた。

おのりちゃんは、春川くんの家の猫である。元は野良猫だったが、春川くんのギターと歌声に吸い寄せられるようにやってきて、家族として迎え入れられた。つやつやな黒い毛並みが海苔《のり》のようだから、「おもちさん」の名前に似せて、「おのりちゃん」なのだ。

そのおのりちゃんにメロメロになっているのが、この町に住む会社員の女性、日生あかりさんだ。

「大人しくて品のある、きれいな子やね。おもちさんとはまた違った魅力があるわ」

日生さんは、まだこの町に来て一年経っていない、かつぶし町の新入りである。遠い町の方言が滲《にじ》み出る、ポニーテールのお姉さんだ。彼女も春川くん同様、マフラーに顔が埋まっている。

かつぶし町生まれかつぶし町育ちの春川くんと、遠くから引っ越してきた日生さんは、年齢も境遇も離れている。だが、どちらも底なしに明るい性格なのは同じで、ふたりは仲良しである。

日生さんが訊ねてくる。

「おまわりさんは、パトロール？」

「はい。小中学生の下校時間は、見回りを強化してるんです」

「ああ、ちょうどそんな時間ですね」

今の季節は日が暮れるのが早いし、ついこの間、口裂け女騒ぎが起きたばかりだ。平和な町といえど気は抜けないのだ。

春川くんが、でれでれと頬を緩めて、おのりちゃんを自慢する。

「おのりちゃんは、音楽の才能があるんだよ」

「音楽の才能？　おのりちゃん、猫ちゃんなのに？」

驚く日生さんに、春川くんは大真面目に頷いた。

「本当だよ！　俺、曲の大筋ができたらメンバーより先におのりちゃんに聴かせるんだけどさ、改善点があるときは無言で首を傾げて、出来が良いときはニャンッて鳴く。首を傾げたときは、ニャンッが出るまで書き直すと、納得の行く曲に仕上がるんだ」

「かわいい上にお利口さんやなあ！　この町は、喋る猫だけでなく、音楽が分かる猫までおるんやね」

ふたりが盛り上がっていると、そこへまさに、喋る猫が通りかかった。春川くんと日生さんの間を縫うようにして、おもちさんがのそのそと歩いていく。日生さんが、おもちさんを目で追う。

「噂をすればおもちさん。どこ行くん？」

「お散歩ですにゃー」

おもちさんの後ろ姿は、垂れたお腹を左右に振りながら、商店街の雑踏へと消えていった。

おもちさんを見送った春川くんは、先程までのでれでれから打って変わって、神妙な顔つきになっていた。

「ねえ小槙さん。俺、最近、短縮授業で早めに帰ってきてるから、気づいちゃったんだけどさ……」

春川くんは、腕の中のおのりちゃんを抱え直した。

「おもちさん、ここ五日間、二日に一回のペースで同じ時間にここを通ってるんだよ」

「へえ、そうなんだ」

おもちさんが自由に散歩に出かけるのは、よくあることだ。だから僕は特に驚かなかったが、春川くんはまだ、真剣な顔をしていた。

「不思議だ。おもちさんの散歩はいつものことだとしても、こんなにきっちり時間が決まっていて、しかも二日に一回、コンスタントに出かけてる。こんなの初めて見た」

言われてみれば、おもちさんは猫然とした気まぐれな性格であり、型に嵌った動きは滅多にしない。春川くんは、声を潜めた。

「五日間、二日に一回だから、今日と一昨日と五日前の三回。ほぼぴったり同じ時間だ。意味ありげじゃない？」

「たしかに不思議やなあ。なにか理由があるのかも？」

日生さんも、顎に手を添えて考えはじめた。

「二日に一回、同じ時間にどこかに用事があるとか？」

「でも俺、最初も二回目も『どこ行くの？』って訊いたんだ。おもちさんは、はっきり答えなかった」

「そういえばさっき私が訊いたときも、散歩としか言わなかった。うーん、やっぱり目的地は決まってないのかな」

僕も一応考えてみたが、これといってなにも思い浮かばなかった。春川くんの言うようにルーティンが決まっているようにも感じられるが、偶然の範疇《はんちゅう》とも言える。

春川くんは、おのりちゃんと顔を見合わせた。

「なにか秘密があるに違いない。ここは名探偵、春川俊太の出番かな！」

突然、春川くんの探偵ごっこが始まった。ノリの良い日生さんが、わあっと拍手した。

「黒猫を連れた少年探偵！　かっこいい」

おもちさんそのものの「喋る猫」という謎は気にしないのに、こういう謎は解きたいんだな、と、僕は胸の内で呟いた。

「助手の日生くん。推理を手伝ってくれ」

春川くんが日生さんにパスを出す。やはりノリの良い日生さんは、目を輝かせた。

「そうやね！　名探偵には助手が不可欠だもの！」

付き合いの良い人だ。微笑ましく眺めていた僕にも、春川くんから白羽の矢が飛んできた。

「探偵物語には、ちょっと頼りない警察官がつきものだ。ね、小槇さん」

「あっ、巻き込まれた。しかも『ちょっと頼りない』って言われた」

名探偵春川くんの腕の中で、おのりちゃんがミャアと鳴いた。


「おもちさんが出かけるのは、午後三時半頃。今のところ今週の月、水、と本日金曜日、二日に一度のペース」

交番のカウンターに寄りかかり、春川くんが言う。日生さんも、その隣に立っていた。

「戻ってくる時間も、やっぱりぴったり同じなんやろか」

「戻り時間か。小槇さん、知ってる？」

春川くんが、事務室の僕に目を向けてきた。

「うーん、月曜水曜は当直じゃなかったから、分からないな。仮に当直だったとしても、おもちさんっていつの間にかいるから、気が付かないかも」

探偵ごっこは続いており、僕が交番に戻ると、春川くんと日生さんもついてきた。おのりちゃんだけは、春川くん宅に戻っている。

おもちさんがどこへ行こうと、放っておいてもいいのではないかと、最初は思った。普通の飼い猫だったら、事故の危険や他人に迷惑をかける恐れがあるが、おもちさんは特殊な猫である。自由に散歩をしていても、特に大きな問題はない。

だが、もしも春川くんたちが言うとおり決まった時間に決まった場所へ行っているのだとしたら、多分なにか理由がある。おもちさんの目的なんて、食べ物以外に思い当たらない。つまり人様の家にお邪魔して、おやつを貰っている可能性があるのだ。他所の人にご迷惑をおかけしないためにも、真相を知っておきたい。

僕は事務椅子で書類仕事をしつつ、首を捻った。

「毎日じゃなくて、二日に一回。おもちさんに食べ物を与えてる人がいるんだとしたら、二日に一回しかその場所にいなくて、しかも時間が決まってる人なんだろうな」

僕の呟きに、日生さんが付け足す。

「仕事のシフトの関係ですかね。もしくは、二日に一回、その時間にしか手に入らないおやつがあるとか？」

決まった日の決まった時間にしか手に入らないもの……そんなものがあるだろうか。考えていると、春川くんが真顔で言った。

「頭の中で捏《こ》ね回すだけじゃ分かんないな。おもちさんを尾行するしかない！」

「やっぱ脳みそ使うより行動ね！　足で稼いでなんぼですよ」

日生さんも、大真面目な顔で頷いた。この探偵たちは、探偵だけれど考えるのが苦手だ。

春川くんが両手を叩いた。

「じゃ、今日は解散！　ホシは二日に一回行動を起こす。次は明後日、日曜日だ。そのときまた三時になったら、おもちさんを追うぞ」

春川くんが意気込むも、日生さんはあっけらかんとして言った。

「日曜日だったら、私、仕事やわ。次の休みは月曜日」

「僕も日曜日は交番にはいないよ。次の当直は月曜日」

僕も日生さんに続くと、春川くんは大袈裟に仰《の》け反った。

「なんだと！　助手もおまわりさんも不在とは。仕方ない、ここは俺が単独で臨むか」

そこへ、引き戸がカラリと開いた。おもちさんが帰ってきたのだ。春川くんがしゃがむ。

「おもちさん！　ねえ、おもちさん二日に一回出かけてるだろ。どこ行ってるの？」

直球で質問しているが、おもちさんははぐらかす。

「散歩ですにゃ。ただの散歩。秘密なんかないですにゃー」

カウンターを越え、僕のいるデスクの上に鎮座《ちんざ》した。そして後ろ足で首を掻いて、そのまま寝てしまった。

これはたしかに、なにか僕らに隠していそうだ。


そして三日後、月曜日。午後三時半より少し前、春川くんと日生さんが、交番に駆け込んできた。

「小槙さん、大変だ！」

「どうした？　なにかあったの？」

僕は事務仕事を途中で切り上げ、カウンターに駆け寄った。春川くんが、深刻な顔で切り出す。

「二日に一回だと思ったのに、日曜日、おもちさんどこにも出かけなかった」

それを聞いて、僕は数秒ぽかんとしたのち、安堵のため息が出た。血相を変えて交番に飛び込んでくるから、なにかと思えば。探偵ごっこのことは、僕はすでに半分忘れかけていた。

「そういえば日曜日に尾行するって言ってたね」

「うん。柴崎さんにも伝えておいて、時間まで待ってたんだけどさ。おもちさん、昨日は一日じゅう、ストーブの前で寝てた」

春川くんが早口に語る。その横で、日生さんが天井を仰いだ。

「土曜日も、三時半には交番にいたみたいです」

そうか。おもちさんのルーティンは、二日に一回と決まっていたわけではなかったのか。もしくは、金曜日を最後に、行く必要がなくなったか。

「やっぱりただの偶然……いや、なにか隠してそうな素振りはあったな。うーん」

僕はカウンターに腕を置いた。なにかあるのだろうが、ヒントが足りない。

「春川くんがおもちさんのこの行動に気づいたのは、一週間前だよね？」

「そう。ちょうど先週の月曜日」

春川くんの返事を受けて、僕は考えた。

「一週間前、おもちさん関係で、なにか変わったことあったかな」

「そうそう、どんな些細なことでもいいから、なにか思い出したら教えてくれ」

春川くんが、ドラマでよく聞く台詞を真似た。

誰かとなにか話していたとか、きっかけらしいものがあればと思ったのだが、思い当たらない。

「強いて言えば、猫ちぐらを捨てたかな。捨てたというか、小学生の女の子が持ち帰った」

「そうなの？　そんじゃおもちさん、それを取り返そうとして捜してるとか？」

春川くんは自分でそう言って、自分で首を傾げた。

「いや、それなら二日に一回にしてる意味が分からないし、捨てた小槙さんに言うか」

「うん。それに猫ちぐら、もうおもちさんが使わなくなったものだから、捜してないと思う」

「じゃあ関係ないんじゃない？　どんな些細なことでも、とは言ったけど」

春川くんがあっさり興味をなくす。もっともだ。僕は一旦諦めて、カウンターを出た。

「とりあえず、そろそろパトロールに出かけるよ」

「ああ、下校の時間に合わせて見回り強化してるんでしたっけ。お疲れさんです」

日生さんが労《ねぎら》ってくれる。

と、そのとき、引き戸の向こう側をぽてぽてと横切る、おもちさんの姿が見えた。

「おもちさんだ。……今の時間って」

僕は壁掛け時計に目をやった。春川くんと日生さんも、同時に見上げる。時刻は、三時半。

春川くんが目を剝《む》いた。

「今日にずれ込んでる！　急いで追うぞ」

そう言って、彼は交番を飛び出した。日生さんも続こうとして、僕を振り向く。

「おまわりさんも！」

「僕は仕事中なので……うーん、でもちょうどパトロールに行こうと思ってた」

三人で交番を出て、僕は引き戸に「巡回中」の札をかけた。

おもちさんが、僕らの数メートル先を軽やかに歩いていく。春川くんと日生さんは、ひそひそと建物や柱の陰に隠れて、おもちさんを追跡した。僕はあくまでパトロールに出てきただけ、のつもりだが、春川くんに引っ張られて、一緒に身を隠している。

おもちさんは商店街を真っ直ぐ進んでいる。町の人たちに話しかけられ、撫でられ、おやつを貰い、歩いていく。春川くんが野良猫に気を取られ、日生さんがケーキ屋さんのショーウインドウに目を奪われる。僕も、行く手の先に見えてきた町中華の看板を見て、頭の中が中華でいっぱいになった。

あれ、と、春川くんが声を上げた。

「おもちさん、見失った！」

「あらら、いつの間に」

日生さんがきょろきょろするも、おもちさんは見当たらない。全員の集中力が切れている隙に、おもちさんは姿を消した。春川くんが悔しそうに拳を握る。

「やってしまった。二日に一回じゃないなら、次はいつなのか分からないのに！」

「まあまあ、猫を追いかけるなんてそもそも無謀《むぼう》だよ。人間には入れないような細いところとか、屋根の上にまで行くんだから」

僕は春川くんを宥めて、改めて町中華の建物に目を向けた。

「今日はチャーシュー大盛りの日だなあ。夕飯はお持ち帰り炒飯、チャーシュー載せにしようかな」

「チャーシュー大盛り？」

日生さんが興味津々に繰り返す。春川くんが、町中華のお店、「喵喵軒《ニャオニャオ》」の看板を仰いだ。

「知らないの!?　このお店、月水金曜日はチャーシュー大盛りデーなんだよ。安くておいしいんだぞ」

「へえー！　ほんなら行かんと。おふたりのおすすめは？」

日生さんに訊かれ、僕と春川くんは顔を見合わせた。

「初回は醤油《しょうゆ》ラーメンを勧めたいですが、僕が好きなのは回鍋肉《ホイコーロー》だなあ。でもチャーシューの日は、炒飯かラーメンを選びがちになります」

「分かる！　月水金はチャーシューの日限定メニュー、チャーシュー丼もあるから、それも迷うな」

「ただ、大盛りの盛り方、ものすごいんですよ。僕とか、食べ盛りの春川くんならおいしく食べられるけど、大人でも完食できない人もいるくらいです。デザートにごま団子を頼むことを考えると……」

と、そこまで言って、僕はハッとした。チャーシュー大盛りデーは、月水金。おもちさんが出かけていた曜日だ。

「もしかして、二日に一回のリズムじゃなくて、曜日で動いてたのかな」

「え？　あっ！」

日生さんもぴんときたようだ。

「そっか、だから土日飛ばして、次が月曜日やったんですね。おもちさん、チャーシューの日に合わせて、この店に来てたってこと？」

助手の言葉で、探偵春川くんが閃《ひらめ》いた。

「つまり、おもちさんの目的はこの店のチャーシュー！　店の裏口に回って、店の人からチャーシューを分けてもらってたんだ！」

「無事に解決やね。お店の人に確認して、裏付けしよう」

日生さんが煽り、春川くんが店に突撃しようとする。僕はまだ、考えていた。

チャーシュー自体は、大盛りの日でなくてもある。月水金にこだわらなくてもいいはずだ。大盛りの日は余りやすくて、おもちさんの分が確保されるのだろうか。仮にそうなら、時間が決まっている理由は……？

春川くんが店に到達するより早く、内側から扉が開いた。

「ありがとうございましたー！　またお越しください！」

店からお客さんが出てきて、それをバイトの女の子がお見送りしている。バイトのこの子は、外国人留学生の、凛花《リンファ》さんという大学生だ。春川くんが、彼女に手を振って駆け寄る。

「ねえねえ凛花ちゃん！　おもちさん来た？」

「あら春川くん。おもちさん？　来てないよ」

凜花さんがきょとんとした顔で、首を傾げる。春川くんの声は、驚きのあまりに裏返った。

「あれえ!?　先週は？」

「来てない。どうしたの？」

凜花さんに不思議がられ、春川くんは肩を落とした。推理は外れたのである。

僕と日生さんも春川くんと並び、凜花さんに事情を説明した。凜花さんはふむ、と眉を寄せて回想した。

「いつもこの時間に？　忙しい時間帯ならともかく、この時間だったら、おもちさん来てたら覚えてるよ。お持ち帰り用のお弁当を買ってく人が来るくらいで、お店空いてるから」

「そっか。おもちさんがチャーシュー強請《ねだ》りにかよってたらどうしようかと思ったけど、そうじゃないなら良かった」

僕はひと安心したが、春川くんは残念そうだ。

「当てが外れた。それじゃあ、なんで月水金なんだ？」

唸る彼の代わりに、凜花さんが考えた。

「おもちさんじゃないけど、月水金の決まった時間に、お弁当を買いに来るお客さんはいるよ。必ず、大盛りチャーシュー丼をソース別添えで買ってくの」

「それだあ！」

春川くんの瞳に、再びきらめきが宿った。

「その人が……えーっと、なんだ⁉」

目はめらめらしているが、頭が追いついていない。春川くんの隣で、日生さんが手を叩く。

「その人はチャーシュー大盛りデーにお弁当を買って、食べきれなくて余らせてしまうチャーシューを、おもちさんにあげてるんやない？」

「それだあ！　でかしたぞ、助手」

春川くんと日生さんがハイタッチする。僕はふたりを眺め、それから凛花さんにも向き直った。

「でも、食べきれないなら、わざわざ大盛りを買わなくても。大盛りの日でも、頼めば小盛りにできますよね」

「もちろん。お値段変わんないけど、普段どおりの盛りにもしますよ」

凛花さんの言葉に、日生さんはハイタッチの手を半端に浮かせたまま、唸った。

「うーん、おもちさんに分けるために、敢《あ》えて大盛りにしてる……とか？　でも、おもちさんは普段から食べるものに困ってないのに、そこまでする必要あるやろか」

「あんまり、太るもの食べさせないでほしいんだけどなあ」

まだ真相には程遠いが、近づいてきている感触はある。僕は凛花さんに訊いた。

「その、月水金に同じ時間に来て、必ず大盛りチャーシュー丼ソース別添えをテイクアウトしていく人って、どんな人ですか？」

凛花さんは、人差し指を立て、虚空を見上げた。

「ええと、ひとりは大人しそうなぽってりした人で、もうひとりは体格のいい人で、もうひとりは……」

「あっ、いっぱいいるんですか⁉」

「うん。言わなかったでしたっけ？　月水金の三時半頃という時間は同じだけど、来る顔ぶれは別の人ですよ」

決まった曜日の決まった時間に、決まった人が来るのかと思ったら、そうではなかったみたいだ。これでは、おもちさんがひとりの誰かに会いに行っている可能性が潰れてしまう。

謎が深まっていく。と、頭を抱えた僕に、凛花さんがにこりと笑う。

「因みに、全員小学生ですよ」

「小学生、ですか」

ちょっと意外だ。町中華を大盛りでテイクアウトと聞いて、ひとり暮らしの社会人や、高校生以上の学生などをイメージしていた。春川くんと日生さんも、目をぱちくりさせる。

「ここの大盛り、大人でもお腹いっぱいになるのに、小学生じゃ食べきれないだろ。あ、だからおもちさんに分けてるのか」

「それが何人もいるんですか？」

ふたりから詰め寄られ、凛花さんはうふふと微笑む。

「そうなんです。あの子たちみんな、前々から常連さんで。大盛りデーは、ああいう子たちにお腹いっぱい食べてほしいって気持ちで始めたんだって」

そして彼女は、最後に付け足した。

「その小さな常連さんたち、このお店でお弁当買ったあと、公園に向かってますよ。今の時間なら、まだいるんじゃないかなあ」


凛花さんに言われて公園に来てみたが、園内はがらんどうだった。一月末の冷たい風に、砂利がさらさらと舞っていた。

「なんだよ凛花ちゃん。誰もいないじゃん！」

春川くんが膨《ふく》れっ面になる。

滑り台やブランコが配置されたこの公園は、近所の子や、その親御さんの憩《いこ》いの場である。生垣としてツツジが植わっており、そのツツジに囲まれるようにして、冬でも緑豊かな木々が並んでいる。

日生さんが寒さに堪えて、自身の腕を抱いて擦っている。

「こんだけ寒いと、子供たちも外よか、おうちの中で遊ぶんやないですか？　おもちさんももう、交番に戻っとるのかも」

「前回も、このくらいの時間には戻ってきてましたね」

僕は白いため息をついて、探偵さんとその助手と向き合った。

「これ以上どうしようもないですし、今日はこの辺でお開きにしましょうか」

「くっそー、おもちさんめ。明後日には完璧に尾行するからな」

春川くんのマフラーの裾が、北風に揺さぶられている。これにて今日の捜査は切り上げ、かと、思った矢先だった。

ガササと、ツツジの生垣が揺れた。パトロールを再開しようとした僕だったが、音の方を振り向く。春川くんと日生さんも、足を止めて同じ方を見ていた。

ツツジの枝が、ガサガサと震えている。そしてその葉の下から、ぽこっと、おもちさんの顔が出てきた。

「あっ！　おもちさん、いた」

僕の声に、おもちさんが振り向く。その口には、トランプ大ほどのチャーシューが咥えられていた。春川くんが指を差す。

「チャーシューだ！　俺の推理は正しかった。一体誰から貰ったんだ」

詰め寄ってくる春川くんを、おもちさんはチャーシューを口からぶら下げて見上げている。

口が塞《ふさ》がっているから、無言だ。

するとガサガサと、また、ツツジが揺れた。茂みの中からひょこひょこっと、四つの顔が飛び出す。それぞれ、男の子と女の子がふたりずつ。全員、小学生と見られる。

体格の大きめの男の子と、長い髪をお下げにした女の子、下の学年と見られる毬栗頭《いがぐり》の小柄な男の子。それともうひとり、四人の中でいちばん小さい女の子は、見覚えのある顔だった。

「あれ、君は……猫ちぐらの」

僕が捨てようとしていた猫ちぐらを、回収していった、あの女の子だ。子供たち四人は顔を見合わせ、慌てた顔で、茂みの中に隠れた。

なにか隠し事でもしているのだろうか。春川くんが僕と日生さんに目配せして、すたすたと、ツツジの茂みに向かっていった。

「君たち、そこでなにをしてるんだ？」

「あっ、えっと……！」

茂みの中から、男の子の焦った声がする。彼らはなにかひそひそと話し合いはじめた。

「どうする？　逃げる？」

「おまわりさん来てるし、逃げ切れないよ。仕方ない、正直に言うか」

「だめだよ！　大人に見つかったら、保健所に連れて行かれちゃうんだよ」

保健所？　なにか生き物でも隠しているのだろうか。事情を聞いた方が良さそうだ。僕はそっと、彼らに声をかけた。

「連れて行かないよ。それよりも、なにか困っているなら、相談してみない？」

子供たちが、茂みから目を覗かせる。またひそひそと打ち合わせをして、やがて、四人は立ち上がった。

なにか結論が出たらしい。四人が恐る恐る、茂みから出てきた。例の猫ちぐらを持ち帰った女の子は、細い腕の中に猫ちぐらを抱いている。

猫ちぐらの中には、なにか、小さな生き物らしき姿が見えた。

「ごめんなさい。俺たち、ここで子犬にごはんをあげてました」

体格の大きい、リーダーらしき男の子が、消え入りそうな声を出す。春川くんはきょとんとして、猫ちぐらの中を覗き込んだ。

「犬？　迷子の犬？」

「多分。一匹で弱ってるのを見つけたんだ。飼い主を捜す間だけでも誰かの家で預かれたら良かったんだけど、俺もこいつらも全員、無理で……。仕方なく、ここで四人で世話をしてたんだ」

「大人に見つかったら、どうなるか分からないから、四人だけの秘密だったの」

お下げの子が付け足す。

僕と日生さんも、小学生たちに歩み寄った。女の子が抱えている猫ちぐらの中に、両手のひらにおさまるほどの、丸っこい毛の塊が見えた。

僕は彼らの前にしゃがんだ。

「大盛りのチャーシュー丼をテイクアウトして、チャーシューを分けてあげてたのかな？」

「えっと、これには事情があって……」

リーダーの子は、腹を括《くく》ったように話しはじめた。

四人は家族の帰りが遅くて、放課後は家が子供だけになる、そんな家庭の子たちだった。学年やクラスはバラバラだったが、境遇が似ていた彼らが仲良くなるのには関係なかった。家族が忙しいこと、夕飯代を渡されて、自分で夕飯を調達していること。共通点が多かった四人は、お腹がすくまで一緒に遊んで過ごしていた。

そんなある日、リーダーが革命的アイディアを思いついた。

「四人でひとつの大盛り弁当を分け合えば、浮いた夕飯代をお小遣いにできる！」

残りの三人はふたつ返事で乗っかった。以来彼らは、「喵喵軒」のチャーシュー大盛りデーは、ひとつの大盛りチャーシュー丼を分け合うようになったのである。ただし、お小遣いをくすねているのがばれたら家族に叱られるかもしれないから、内密に。

……というつもりだったが、持ち回りでチャーシュー丼を買いに来ていることに、店のバイトの凛花さんが気がついた。そして「仲良しなの？」と訊かれて、毬栗頭の子が事情を喋ってしまった。

元々家族で「喵喵軒」に来ていた彼らは、店主とは顔見知りである。店主は、彼らにお腹いっぱい食べてもらおうと、いつにも増して大盛りにしてくれたそうだ。

「そうして上手くやってるうちに、雨の日の夜、公園でこいつを見つけた」

リーダーが猫ちぐらに手を置いた。

「こいつを捜してる飼い主が出てくるまで、ここで世話をしてるんだ」

誰にも相談できなかったのは、保健所に連れて行かれてしまうかもしれないという不安、それと、お小遣いをくすねていたのまでばれるかもしれないという、後ろめたさがあったから。

四人は給食を少し持ち帰ったり、チャーシュー丼からチャーシューを取り分けたりして、犬の世話をしていた。犬が寒さに凍えてしまわないよう、僕が捨てようとした猫ちぐらを引き取り、犬の小屋にした。

僕はちらりと、おもちさんに目をやった。おもちさんは、チャーシューをもぐもぐと食べている。春川くんも僕と同じく、おもちさんを見ていた。

「それでなんで、おもちさんがチャーシュー貰ってんの？」

「さしずめ、自分の猫ちぐらを見つけて、この子たちの秘密を知ったからじゃないかな」

なにも言わないおもちさんに代わって、僕は想像で答えた。

その猫ちぐらは、おもちさんが嫌うにおいがついてしまったから要らなくなった。でもおもちさん自身のにおいも残っている。嗅覚が鋭いおもちさんにとって、そのふたつのにおいが混ざった猫ちぐらは、野外にあっても、藪の中に隠されていても、見つけられるほどの存在感なのだ。

リーダーの男の子は、図星とばかりに白状した。

「そのとおりだよ。猫ちぐらで犬を匿《かくま》ってるの、おもちさんに見つかっちゃった。おもちさんがおまわりさんに教えちゃったら、いろいろばれる。こいつも、処分されちゃうかもしれない」

「そこで口止め料のチャーシュー、と」

「うん」

リーダーが頷くと同時に、おもちさんがチャーシューを食べ終えた。機嫌良さげに、口の周りを舌でぺろりと舐める。

「吾輩、尻尾引っ張ったり抱っこが下手くそだったりの子供はあんまし好きじゃないけど、チャーシューくれる子供は大好きですにゃ」

現金なおもちさんに、僕は苦笑いした。

おもちさんは、決まった曜日に手に入るチャーシューを貰うために、決まった曜日の決まった時間、子供たちが下校して、夕飯のお弁当を買う時間に、公園に行くようになった。

『ただの散歩。秘密なんかないですにゃー』

おもちさんはチャーシューと引き換えに、きちんと秘密を守っていたのだ。

それにしても、犬が猫ちぐらに入ったのは意外だ。この猫ちぐらには、おもちさんが嫌がるにおいが残っている。猫よりさらに嗅覚が鋭い犬が嫌がらずに入るというのは、どうも違和感がある。

春川くんがしたり顔になった。

「謎は全て解けた！　どんな難解な謎も、この名探偵、俺にかかればお見通しだ」

彼がなにか探偵らしいことをしたかというと思い当たらないが、本人が満足したならいいだろう。日生さんが囃《はや》し立てる。

「よっ、名探偵！　しかしまあ、新たな問題が明るみに出たわけですけど」

そうだ。問題は、猫ちぐらに入った謎の犬である。日生さんは、子供たちに柔らかな口調で諭《さと》した。

「弱った生き物を放っておけなかったんよね。優しいね。でも、病気とかあるかもしらんし、近所の人を困らせてしまうかも。なにかあってからじゃ、君たちだけじゃどうにもでけへんでしょ？」

「ってことで、どうするか一緒に考えようか」

春川くんが、四人の顔を見渡した。

「犬なら野良はそういない。捨てられたんじゃなければ、捜してる飼い主さんがいるはずなんだよな」

これには、僕も協力できる。

「捜してる人が、警察署に届を出してるかも。あとで見ておくね」

それを調べるためにも、犬の特徴を知っておかなくてはならない。

「猫ちぐらの中の犬、見せてもらえるかな」

「うん！」

猫ちぐらを持った女の子は、出入り口の穴に手を入れた。彼女に呼び寄せられて、穴の中からぴょこっと、毛むくじゃらの鼻先が覗く。結構、小さい。女の子の手に吸い付くようにして、犬が穴からずり出てくる。

そして、猫ちぐらからするりと出てきたその生き物に、僕と春川くんと日生さんは、絶句した。女の子が、無邪気に「犬」を差し出してくる。

「犬。かわいいでしょ」

それは、犬と呼ぶにはあまりにも、毛むくじゃらのじゃが芋のようだった。

大きさはサッカーボール大くらいで、ラクダ色の毛で全身が包まれている。目元は丸くてかわいらしいが、黄みがかった白目がぎょろっとしている。

「犬……なのか？」

僕はまじまじと、犬と呼ばれるそれを見つめた。僕の知っている生き物で言うと、どちらかというとモルモットに似ている。

春川くんと日生さんが、それぞれ自由に発言する。

「ウサギじゃない？　耳が短いウサギ」

「私これ知ってる。プレーリードッグでしょ」

モルモットにもウサギにもプレーリードッグにも見えるが、そのどれとも、なにかが違う。これは、なんだろう。

結論に悩む僕の耳に、まろい声が届いてきた。

「スネコスリですにゃ」

おもちさんが前足を舐めながら、こちらを見ている。おもちさんの金の瞳に射貫《いぬ》かれて、僕はその言葉を繰り返す。

「スネコスリ……？」

子供たちが頷き、口々に言う。

「うん、スネコスリっていう犬種らしい。調べようとしたら、おもちさんが教えてくれた」

「まだちっちゃいんだって。これからどれくらい大きくなるのかな」

犬種？　スネコスリとは、犬種名なのか？

いや、とても犬には見えない。やはり犬であれば、癖の強いにおいがする猫ちぐらには入らないだろうから、もっと嗅覚の鈍い生き物なのではないか。かといってモルモットでもウサギでもプレーリードッグでもない。

名探偵も、首を傾げている。僕らにはなにかさっぱり分からないのに、おもちさんだけは、妙にはっきりと名前を断言する。

スネコスリって、なんだ？

おもちさんの謎を追いかけると、謎が謎を呼ぶ。僕はこの日、改めてそれを痛感した。

ただ、確実に分かった事実もある。

「おもちさん」

「にゃ？」

「そのペースであんな大きなチャーシューを貰って、普段どおりにおやつも食べてたんですか？　食べすぎは良くないとあれほど……」

僕の説教が始まると、おもちさんはぴゅーっと逃げ出した。

子供たちの秘密を守るために黙っていた……というのもそうだろうが、自分にとっても、僕にばれたらまずいと考えていたようだ。僕はおもちさんのおやつのカロリー計算を、見直さなくてはならなくなった。

スネコスリは誰のもの？

おもちさんの猫ちぐらは、公園で世話をされる生き物のおうちとして、新たな活躍をしていた。この生き物――スネコスリは現在も、公園の茂みの中に置かれた、猫ちぐらで暮らしている。

あれから僕は、謎の生物「スネコスリ」について、インターネットで検索した。ヒットしたのは、獣の姿をした妖怪の情報ばかりである。

雨の日に現れて、人や動物の足にまとわりつき、転ばせる妖怪らしい。ネット上で見るスネコスリの画像は、三毛猫のような姿をしていたり、狐っぽかったり、イタチみたいに描かれていることもあった。公園で見た生き物は、犬も他の生き物もどれもぴんとこなかったけれど、画像で見るスネコスリとも違う。

交番で仕事をしながらも、僕は時々、スネコスリのことを考えていた。

「少なくとも、犬種名ではなさそうだな」

僕は呟き、カウンターの上で日光浴をするおもちさんに訊ねた。

「おもちさんが言ってた『スネコスリ』って、どうも妖怪の名前みたいなんですけど……合ってますか？」

「スネコスリですにゃ」

おもちさんは、相変わらず断言している。外からの日差しをたっぷり含んだ毛が、ぽわぽわと光って見えた。

「でも公園にいた生き物、ネットで見たスネコスリと見た目が違いましたよ」

「『彼ら』は時代や場所とともに、姿形も暮らし方も、変容していくものですにゃ」

まさか、妖怪がその辺にいるはずがない。……と、言い切れなくなってきている自分がいる。

かつぶし町にいると、時々、不思議なものを見る。角の生えた三兄弟や、狐の尻尾がある女の子。宛先のない手紙を運ぶ鳩。いつしかの夏至の夜には、顔を隠した謎の集団が町を闊《かっ》歩《ぽ》していた。

そしてなにより今、目の前に、喋る猫がいる。

「むにゃ……眠いですにゃ」

脚を投げ出して横向きに寝そべって、まばたきをしている。

この世には、僕の想像にも及ばないものがあるらしい。そういったものの片鱗を、この町では時折目にする。

そしてこの町は、そんな不思議なものたちを、放置している。おもちさんがまさにそれだ。たとえ人間の言葉を話そうと、別の猫と違っていようと、誰もさほど気にしないのである。

そうなってくると、公園のあれが、犬でもモルモットでもない他のなにかである可能性も、完全には否定なんてできない。

「スネコスリ……スネコスリねえ」

完全否定こそしないものの、まだ、上手く呑み込めない。はじめは驚いた喋る猫にも、今はなんとも思わなくなったし、スネコスリとやらもそのうち日常に溶け込むのだろうか。

迷子のペットの届出を確認してみたが、スネコスリを捜している人はいなかった。子供たちも学校の友達に訊いているそうだが、飼い主はまだ、見つからない。

ふいに、引き戸がガコガコと音を立てた。風の音かと思ったが、違った。おもちさんがカウンターの上から、引き戸の向こうへと視線を注ぐ。

「来たですにゃ」

僕は椅子を立ち、ガラスから透けて見える外を覗いた。じゃが芋みたいな丸っこい獣が、引き戸に顔を擦りつけている。

「わ、スネコスリ来た。公園の外も出歩いてるんだ」

スネコスリが顔を擦ると、引き戸に僅かな隙間ができた。その隙間に、スネコスリが鼻先を突っ込む。ぐりぐりと顔を押し込んで、ついにスネコスリは、自力で引き戸を攻略した。

「交番の中に入ってきちゃいましたね」

「ほっといたら出ていくですにゃ」

おもちさんが欠伸をする。僕はカウンターに腕を置いて、床をうろつくスネコスリを見下ろしていた。

「逃がしちゃった飼い主、現れるかなあ」

「現れないですにゃ」

僕の呟きを、おもちさんが容赦なく突っぱねた。

「スネコスリは元より飼い主などいないですにゃ。逃げ出したペットじゃなくて、外で暮らしているものですにゃ」

「野生ってことですか？」

「ですにゃ。しかしこの子はまだ子供。群れからはぐれて、自分で餌を捕れなくて弱ってたですにゃ」

おもちさんは眠たそうに目を閉じたまま、話した。

「飼い主のいない野生の生き物だけれど、このまま放っておけば弱ってしまうですにゃ。どこかの誰か優しい人に、新しい家族として迎えてもらわなくてはならないですにゃ」

生き物は自分で餌を捕れないといけないけれど、赤ちゃんのうちは、誰かに世話をしてもらわないとどうしようもない。このスネコスリも、今はまだ、ひとり立ちできる大きさではないのだ。

現状、小学生四人組が、スネコスリに餌を与える親代わりを担っている形だ。それにスネコスリが救われたのは紛れもない事実だが、逃げたペットではないとなると、いろいろと話が変わってくる。

「新しい家族を探しているといっても、野生の生き物なら、それを捕獲して飼うというのは……勧めかねます」

野生動物の捕獲と飼育は、法律で原則禁止されている。スネコスリというものがなんなのかはよく分からないが、飼ってもいい生き物に該当している生物ではなかったと思う。唸る僕に、おもちさんは言った。

「『彼ら』は、そもそも想定されてないですにゃ。人間が定めた法律やルールの外の生き物ですにゃ」

頭の中を、「スネコスリは妖怪である」という前提がよぎる。飼ってもいい生き物に該当してはいないが、飼ってはいけない生き物にも該当していない、と。

「そうだとしたら、ますます飼ってはいけない気が……いやでも、おもちさんという喋る猫が交番で暮らしてる。うーん……」

スネコスリは床をちょろちょろと歩き回っている。そのじゃが芋のような背中を、僕はカウンターから、おもちさんと一緒に目で追っていた。

「法的根拠はさておき、未知の病原菌があったら困りますし、生物の専門家に相談した方がいいのでは」

「病原菌なんか、『彼ら』にはつかないですにゃ」

おもちさんがはっきりと言い切る。「彼ら」という抽象的《ちゅうしょうてき》な呼び方が、なんとなく薄気味悪い。

「だとしても、食性をはじめ、飼い方が全く不明の珍獣を、一般家庭で気軽に飼育するのはどうなんでしょうか」

「暮らしぶりは猫と同じですにゃ。ただし、爪がないから爪研ぎはいらないですにゃ」

「詳しいですね……」

「吾輩、小槇くんより長く生きてるゆえ、たまたま知ってることが多いだけですにゃ」

おもちさんの発言を真に受けていいとしたら、スネコスリは案外飼いやすそうである。

子供たち四人は、それぞれ家庭の事情でペットと暮らせないと話していた。春川くんはおのりちゃんを優先したいからスネコスリは引き取れないそうで、日生さんも、ペット不可のアパートに住んでいるという。

「それにしても、公園からこんなところまで来るなんて」

「今までは公園で大人しくしてたですにゃ。ごはんを貰って元気になったから、行動範囲が広がったですにゃ」

人の言葉を話し、他の生き物の言葉も分かるおもちさんには、スネコスリの事情も読み取れるらしい。

「行動範囲を広げて、自分の家族を捜しているですにゃ」

「それは、現在の親代わり、ごはんをくれる四人組を?」

「そうであり、そうじゃなくもあるですにゃ。あの子たちを捜しているし、新しく飼い主になってくれる人を探してもいるし、はぐれた群れを捜してもいるですにゃ」

スネコスリは壁まで進んでは向きを変え、カウンターにぶつかってまた向きを変え、狭い空間を歩き回っている。生きていくために、傍にいてくれる家族を求めて、彷徨《さまよ》っているのだ。

僕はカウンターを出て、スネコスリの前にしゃがんだ。スネコスリはすぐに僕の方へと直進してきて、足に擦り寄ってきた。足首にくっつくスネコスリを、僕は両手で拾い上げる。改めてよく観察してみる。動きと丸っこい体型はさながらモルモットだが、触った感触と尻尾の形はウサギに近く、毛色や全体的なバランスはプレーリードッグっぽい。おもちさんによれば、飼い方は猫と同じ。そして足に擦り寄ってくるという習性は、ネットで見た妖怪と一致する。

「僕は寮暮らしだから、連れて帰れないんだよなあ」

一旦、スネコスリをカウンターの上に降ろす。途端にスネコスリは、おもちさんに直進していき、おもちさんの短い脚にすりすりと顔を擦り付けた。僕はわあ、と感嘆する。

「人間の足首だけじゃなくて、猫にも行くんですね」

「擽《くすぐ》ったいですにゃ」

おもちさんは顔のパーツを真ん中に寄せた。嫌がりながらも逃げようとはしないおもちさんに、スネコスリはぴっとりと張り付いて頬擦りをしている。

スネコスリの大きさは、おもちさんの半分くらいである。似たような丸い体型の生き物が大小くっついていると、まるで親子のように見える。

「そういえばスネコスリは、自分の家族を捜してるんでしたよね。おもちさんのこと、仲間だと思ってるのかも」

「吾輩の方がかわいいですにゃ」

おもちさんはそう言うと、スネコスリに寄り添われながら昼寝を始めた。


「小槇くん。この頃、この交番に変な生き物が出入りしていませんか」

柴崎さんにそう言われたのは、スネコスリが初めて交番に来た日から一週間ほど経った頃だった。

「最初は大きいネズミかと思って追い出したけど、よく見たらなんか違いました」

「僕もあんまり知らないんですが、それ、スネコスリっていうらしいです」

僕らの視線は、同じ方向を向いている。そこにいるのは、床に置かれた皿からキャットフードを食べるおもちさんと、その脚にまとわりつくスネコスリである。

初めてスネコスリが交番に現れた日、おもちさんが言っていたとおり、スネコスリはいつの間にか外へいなくなった。しかしその後もちょこちょこと、引き戸をこじ開けて遊びに来るようになった。

滞在時間は日に日に増えている。昨日は朝から来て、夕方まで数時間おきに出入りを繰り返していたという。

僕が知る限りの事情を話すと、柴崎さんはふうんと鼻を鳴らした。

「やけに足に近づいてきて、人馴れしてると思ったら、子供たちに餌を貰って馴らされていたんですね。それで、飼い主を募集中と」

「柴崎さん、お迎えしませんか？」

「野生の動物に餌をやるのは反対ですので、なるべく早く解決したい気持ちはあります。ですが私は実家暮らしなので、自分の一存では決めかねます。他に迎えられそうな人がいないか、知り合いを当たってみます。いつまでも交番に入り浸られたら困りますからね」

柴崎さんはドライにそう言って、仕事に戻った。

スネコスリはおもちさんのお腹の下を潜り、四本の脚の間を縫って走る。おもちさんは迷惑そうにスネコスリを一瞥したが、払い除けたりはしなかった。

デスクの上で電話が鳴った。僕がおもちさんとスネコスリの観察をやめて電話に向かおうとすると、途端にスネコスリは僕に突撃してきて、足に絡んできた。

「うわあっ！」

おかげで僕は躓《つまず》いて、転びそうになった。キャビネットに掴まって転ばずに耐えきったが、電話には間に合わず、柴崎さんが先に出てくれた。

「はい、かつぶし交番です」

電話に応答しつつ、柴崎さんがこちらに冷めた目を向けてくる。スネコスリは僕を躓かせて満足したのか、ささっと走り去っていった。

スネコスリは、人を転ばせる。緊急通報があったときに、これでは困る。早く飼い主を見つけるか、或《あ》るいは交番には入らないように対策を取るかしなければならない。

柴崎さんが受話器を置く。

「スネコスリでしたっけ。愛嬌《あいきょう》はあれど、邪魔ですね」

「せめて事務室には入ってこないように対策ができれば……。でもどうすればいいか思いつきません」

と、僕から離れたスネコスリが、今度は柴崎さんの方へと移動した。彼女の足首に頬擦りして、リアクションを確認するかのように、ちらっと、柴崎さんの顔を窺っている。表情が殆ど動かない柴崎さんは、冷ややかな目でスネコスリを見下ろしているだけである。

スネコスリがしつこく柴崎さんに擦り寄り、脚を上ろうとすると、柴崎さんはスネコスリを抱き上げた。

「甘えてもだめです。邪魔なものは邪魔です」

柴崎さんは、スネコスリ相手に容赦なく告げる。

スネコスリは柴崎さんの手に腋《わき》を支えられて、ぶら下がっている。しばらくは大人しく柴崎さんの顔を見ていたスネコスリだったが、突如《とつじょ》するんと柴崎さんの手をすり抜け、彼女の腕を伝い、肩に乗った。そして柴崎さんの頬に、ぴとっと顔をくっつける。

「う……」

柴崎さんの無表情が、僅かに動いた。ほんの少し、頬に赤みが差している。数秒そのまま固まっていたが、やがて柴崎さんは、スネコスリのうなじをつまんで肩から引き剥がした。

「か、かわいくないこともないけど、邪魔なものは邪魔です」

同じフレーズを同じトーンで繰り返しているが、先程よりも目が泳いでいる。おもちさんがキャットフードの皿から、ゆっくりと顔を上げた。

「ハートを撃ち抜かれてるですにゃ」

「そんなことはない。こんな邪魔なものが交番に入ってきては、仕事になりません」

柴崎さんはそう言って、床にスネコスリを下ろした。

「第一、私はこんな訳の分からない生き物より、猫の方が好きです」

「流石柴崎ちゃん。この交番にいちばん必要なのが誰なのか、よく分かってるですにゃ」

おもちさんがご機嫌に尻尾を立てる。猫も交番には必要ない気がするが、僕はここは黙っておいた。

ごはんを食べ終えたおもちさんが、散歩に出かける。それを察知したスネコスリは、おもちさんにくっついた。おもちさんは歩きにくそうに足をもたつかせたが、怒って蹴散らしたりはしない。おもちさんが外へ行くと、スネコスリも一緒にいなくなった。


おもちさんが散歩から戻ってくると、スネコスリも一緒に入ってきた。そのまま夕方までいたが、三時頃になるとすーっと交番を出ていった。どうやら、小学生四人組が下校してきて公園に来る時間になると、餌を貰いに、猫ちぐらの家に帰宅するようである。

スネコスリから解放されたおもちさんと共に、夕方のパトロールへ出かける。

「おもちさん、スネコスリと仲良しですね」

「仲良くはないですにゃー。追い払って聞く相手じゃないから、ほっといてるだけですにゃ」

　おもちさんは僕に抱っこされて、ぶつぶつと文句を言っている。

　商店街を歩いていると、聞き覚えのある声が聞こえてきた。

「ウォフ！」

「ちょっと、エク！　引っ張らないでよ」

　振り向くと、後ろからエクと、彼に引っ張られる凪ちゃんの姿があった。エクは僕の前まで歩いてくると、足を揃えて座り、尻尾を振った。僕はにこりとエクに笑いかけた。

「こんばんは。お散歩かな」

「おまわりさんはパトロール？　お疲れ様」

　エクに代わって、凪ちゃんが挨拶を返してくれる。

「エク、おまわりさんのこと覚えてるみたい。さっきまで散歩に飽きて座り込んでたのに、おまわりさんが見えたら、いきなり動き出したんだよ」

「ははは。嬉しいな」

　僕はエクの頭をぽんと撫でた。凪ちゃんが唇を尖らせる。

「でっかくてノロマで、座ったかと思えば急に突進して……。なに考えてるのか全然分かんない。やっぱ変な犬」

　僕は頭の中に、小さくてすばしっこい犬……のような犬ではないものの顔が浮かんだ。スネコスリは恐らく犬ではないが、凪ちゃんに話したら興味を持ってくれるだろうか。

「ねえ、凪ちゃん……」

しかし途中で、言葉を呑む。スネコスリは謎の生命体だ。おもちさんによればそんなに危険な生き物ではなさそうだけれど、だからといって凪ちゃんに相談するのもどうか。

僕が悩んでいるうちに、エクは黙って、凪ちゃんを見上げた。凪ちゃんはエクと目が合うと、呆れた顔で言った。

「なに？　別に嫌いとは言ってないでしょ。前までは『エクがもっと、小さくてかわいい犬なら良かったのに』って思ってたけど、あんたはあんただし、エクの代わりはいないよ」

「ボフ」

エクが空気が抜けるような声で鳴く。凪ちゃんは、エクのチョコレート色の背中を撫でた。

「他のもっと元気な犬に憧れたりもしたけどさ。私はもう、エクに慣れちゃってるんだよね。エク以外の生き物とは、もうリズムを合わせられないと思う」

エクはキューッと、喉の奥を鳴らした。その甘える声に、凪ちゃんは困ったように笑う。

「だから長生きしてよね。それじゃおまわりさん、パトロール頑張ってね」

凪ちゃんはエクのリードを握り直すと、商店街の奥へと歩いていった。僕は腕の中のおもちさんと、顔を見合わせる。

「まあ、正体不明の珍獣を、凪ちゃんに押し付けるわけにもいかないか」

「凪ちゃんとエクレアさんの間に、入り込む隙間がないですにゃ」

口ではああ言っていても、エクが大好きなのだと伝わってくる。凪ちゃんにスネコスリは必要ないだろう。それに、老犬のエクに元気なスネコスリがちょっかいを出したら、エクを困らせてしまうかもしれない。

スネコスリの飼い主候補は減ったが、でも、僕は少し嬉しかった。以前会ったときよりも、凪ちゃんのエクを見つめる目が優しくなった。凪ちゃんにとって、エクの存在がどれだけ大きいかが感じ取れて、なんだか僕まで幸せな気持ちになった。

「……あっ、弘樹くんが謝りたがってたこと、言っておけば良かったかな」

スネコスリで頭がいっぱいで、忘れていた。おもちさんが、僕の肩に顎を乗せる。

「もう行っちゃったですにゃー。凪ちゃんも弘樹くんも、同じ町にいるんだから、そのうち会うですにゃ」

「それもそうですね」

おもちさんのマイペースな態度に、僕も流された。


夜が明けるとまた、スネコスリは交番へやってきた。朝からおもちさんの脚をすりすりしている。

土曜日の朝。夜勤明けの僕と交代でやってきた笹倉さんが、スネコスリに目をやる。

「ああ、あいつまたいるのか。邪魔くせえけど、邪魔である以外の害はないんだよな」

スネコスリが出入りしていたのは、当然、笹倉さんも承知していた。しかし彼の場合はこのとおり、柴崎さんほど気にしていない。事務椅子に腰掛けて、床のスネコスリを見下ろしている。

「床を走ってるだけで、物を荒らすとか、配線を齧るとか、勝手になんか食うとかしないんだしよ。交番の中に、虫が入ってくることあるだろ。それと似たようなもんだ」

なんと、蚊と同列である。

日向で寝息を立てるおもちさんの脚に、スネコスリがぐりぐりと頭突きしている。おもちさんは時折耳をぴくつかせているが、起きない。スネコスリはおもちさんの脚に体を擦るだけ擦って、おもちさんのお腹を枕にして、ぱたりと寝てしまった。

僕は二匹を起こさないよう、小声で笹倉さんに経緯を話した。

「――というわけで、おもちさんが言うには、安全な生き物らしいです。飼い主になってくれる人を探してるんです」

「ほう、そうだったのか。飼い主ねえ」

「でも僕としては、この得体の知れない生き物を誰かに預けるというのは、気が引けるんです。かといって、じゃあどうすればいいのかも思いつかないんですけど」

凪ちゃんに相談してみようかと考えたとき、僕はすぐに頭の中でブレーキをかけた。これは凪ちゃんに限らず、他の誰だったとしても、同じことを思う。

笹倉さんがふうんと鼻を鳴らす。

「しかしなんか知らねえが、いちばん懐かれてるのがおもちさんなんだよな」

笹倉さんの言うとおり、スネコスリのいちばんのお気に入りはおもちさんらしい。今もまさにだが、スネコスリはよく、おもちさんにくっついている。僕ら人間の足にも寄ってくるが、おもちさんがいれば、人間より優先的におもちさんの方へ行く。自分とフォルムが似ているから、近い存在だと認識しているのかもしれない。

おもちさんはというと、特にスネコスリに関心を示しておらず、こんなに懐かれていても可愛がっている様子はない。どちらかというと、まとわりつかれて鬱陶《うっとう》しそうな顔をしている。しかし、怒って引っ掻いたりはしない。好きでもなければ嫌いでもない、といったところだろうか。スネコスリが寄り付いてきても、放っておいているようだ。

おもちさんに相手にされなくても、スネコスリは一方的におもちさんに懐いて、ついていく。おもちさんは、「好きにすればいい」とばかりに放任している。なんとも言えない関係だ。

笹倉さんはどこからか、猫用ビスケットを取り出した。

「実質、おもちさんがこいつの面倒見てくれてるわけだ。うざったくても我慢してくれて、偉いじゃねえか。起きたらご褒美にこのおやつをあげよう」

ビスケットのパッケージには金色のロゴが光り、高級ビスケットであると窺える。笹倉さんは椅子を立つと、ビスケットを持って、おもちさんが寝ている横に腰を下ろした。おもちさんとスネコスリの寝顔を、微笑ましそうに眺めている。

と、そこへ、カラカラと引戸が開いた。来客かと振り向くと、そこにいたのは私服姿の柴崎さんだった。

「おはようございます、笹倉さん、小槇くん」

「あれ、珍しいですね。おはようございます」

今日は柴崎さんは、休日のはずだ。わざわざ交番に訪れるとは、なにかあったのだろうか。柴崎さんは、カウンターに手を乗せ、事務所内を覗き込んだ。おもちさんと寝ているスネコスリを見つけるやいなや、彼女は早速、本題に入った。

「スネコスリの飼い主、まだ決まってないですよね。私の家で引き取れるかもしれません」

「へっ？」

僕は驚きのあまり、聞き間違えたかと思った。しかし柴崎さんは、淡々と続ける。

「昨夜、家族にこの件について相談したところ、妹が『飼おう』って。残る両親を説得できれば、うちで迎えられます」

僕はもう一度驚いた。昨日の柴崎さんの様子からして、柴崎さんがスネコスリの愛らしさに心を持っていかれたのはなんとなく察した。だが、まさかここまでとは思わなかった。

「スネコスリに新しい家族ができれば、全部解決ですけど……いいんですか？　謎の珍獣ですよ？　猫と同じ飼い方でいいそうですが、その情報源、おもちさんですよ？」

「おもちさんは信頼できます」

柴崎さんは妙に力強く断言した。おもちさんの言うことはなんとなく信じてしまう気持ちは、分からなくもない。

柴崎さんの決心は固いらしく、彼女は顔色を変えずに言った。

「まだ迎え入れられると決まったわけではありません。まずは家族を全員陥落させなくてはいけないので、そこからになります。一度連れ帰って、家族に見せてもいいですか？」

柴崎さんの話を聞いて、笹倉さんがビスケットを床に置いた。

「そうかそうか。じゃ、おもちさん用のキャリーに入れて連れて帰るといい。助かるよ柴崎」

よっこいせと立ち上がって、カウンターまで歩み寄ってくる。

「良かったな小槇。さっき、得体の知れない生き物を誰かに預けるのは気が引けるって言ってたろ。柴崎なら物理的に強いし、動物との接し方もしっかりしてるし、なによりおもちさんとすぐ連携《れんけい》を取れる。わりかし安心だ」

笹倉さんは目尻を垂らし、ニーッと笑った。

「良かった良かった。俺はこのまま、交番で飼うことになるかと」

「交番で飼う!?」

僕はぎょっとして振り向いたが、柴崎さんの表情は動かなかった。

「その手がありなら、それでもいいですね」

「いや、交番は動物を飼う場所には向かないですよ」

僕はボリュームを控えたまま、素っ頓狂な声を出した。笹倉さんは平然としている。

「すでに猫がいる。世話も猫と同じなんだろ？　一匹も二匹も変わんねえ」

「でも、足を取られるのはちょっと困りますよ」

「そんなもん、人間側が気をつければ済むことだ。できるだろ、警戒すんのが警察官の仕事なんだから」

そういえばこの人は、保護した生き物の世話を交番でしなくてはならなくなったとき、「うどんちゃん」と名前をつけて誰より愛着を持っていた。交番に猫がいる状況に慣れてしまっているからなのか、そういう性格だからなのか、その両方なのか。笹倉さんは、交番に変な生き物が住み着くことに、抵抗がないのだ。

「スネコスリはおもちさんに懐いてる。おもちさんも、うざがっちゃいるが攻撃はしない」

笹倉さんの提案に、柴崎さんも頷く。

「飼い主を募集していると聞いたので立候補しましたが、ここで飼えるなら私は構いませんよ。仕事の邪魔にならないように、ケージに入れておければですが」

「と思ったけど、柴崎が飼いたいならそれでもいいんだぞ？」

そんなふたりの間に、僕は口を挟んだ。

「交番で飼う許可なんて、署から下りますか？」

「行き場に困ったうどんちゃんを押しつけてきたような署だ。許可を渋るとは考えにくい」

笹倉さんはあっさり答えた。

「それどころか、喋る猫の飼育支援に積極的な署だぞ」

「それはおもちさんが、いつからいるのか分からないくらい昔からいるからでは……。うどんちゃんについても、事情ありきですし」

しかし笹倉さんの言うことも一理ある。スネコスリは自分でここまで来て、好きでおもちさんといることを選んでいる。おもちさんもスネコスリについて詳しいから、いてくれると安心である。

「許可が下りなければ、私が引き取りますよ」

柴崎さんが顎に手を当て、笹倉さんが首を捻る。

「柴崎に引き取ってもらった方が、安牌《あんぱい》かもしんねえなあ」

どちらに転ぶのだろう。はらはらと見守る僕の後ろで、スネコスリが目を覚ました。小さな牙のある口を開けて、欠伸をしている。自分を議題に議論が起こっていても、スネコスリ本人は無関心だ。

そんなところへ、柴崎さんの背後で引き戸が開いた。

「おまわりさーん！　スネコスリ来てる？」

スネコスリの発見者、小学生四人組が、まとめて駆け込んできた。引き戸開けっ放しで、リーダーの男の子がカウンターに飛びついてくる。

「スネコスリ、うちのクラスで飼うことに決まったんだ！　教室で、当番制で世話をするんだ」

「あっ、そうなの？」

僕の反応に被せる勢いで、お下げの女の子がリーダーを押し退ける。

「違うよ、私のクラスの先生が飼うんだよ」

しかしそれには、毬栗頭の男の子がかぶりを振る。

「僕の友達が貰ってくれるって、先に決まってた！」

そして端っこにいる小さい女の子が、ぽつんと言った。

「公園に、スネコスリのためのお城を作るの」

なんと、ここでも意見が四つ叉に分かれているではないか。子供たちは四人でギャアギャアと揉《も》めはじめた。

「クラス皆で飼う！　スネコスリは寂しがり屋だから、家族が多い方がいいんだよ」

「うちのクラスの先生のとこだって、猫が三匹もいるんだよ。スネコスリはおもちさんと仲良しみたいだし、猫に懐くんだよ」

「僕の友達がいちばんはじめに決まったのに！」

「お城の方が良いに決まってるよ。公園なら、私も会いたいときに会いに行けるもん」

柴崎さんと笹倉さんは、彼らを見下ろして無言になっている。僕は目を白黒させて、喧嘩する子供たちを宥めた。

「一旦落ちついて話し合おう。ね！」

しかし僕の声など、彼らには届かない。主張がぶつかり合うばかりで、全く進展しない。

混乱が極まる中、背後からひと際大声が響いた。

「にゃー!?」

爆睡していたおもちさんが目を覚まし、叫んだのである。滅多に聞かないほどの特大の声量に、子供たちはぎょっとして声を呑み、柴崎さんと笹倉さんも、僕も、おもちさんを振り向いた。

そこに広がっていた光景に、僕は「あ」と呟いた。

おもちさんの周りに、猫用ビスケットのパッケージが引き裂かれ、ビスケットが散乱している。そしてそれを、スネコスリが勝手に食べているのだ。

笹倉さんがおもちさんにあげようとして、用意していた高級ビスケットだ。こちらで言い争いが起きていた隙に、おもちさんより先に目覚めたスネコスリが、パッケージを破ってしまったのである。

スネコスリの狼藉《ろうぜき》を目の当たりにし、おもちさんはわなわなと震えた。

「それは吾輩の……吾輩のビスケットでは……」

スネコスリは悪びれない顔で、おもちさんの目の前でビスケットを齧っている。

長い沈黙が訪れた。カリカリカリと、スネコスリによるビスケットの咀嚼音《そしゃくおん》だけが、絶えず流れている。

やがておもちさんの目が、カッと光った。

「吾輩のビスケット！」

スネコスリにどれだけ鬱陶しく絡まれても怒らなかったおもちさんだったが、食べ物が関われば話は別だ。食い意地の権化《ごんげ》であるおもちさんは、自分のおやつを荒らされると激怒するのだ。

怒りでぼんっと、尻尾が膨らむ。おもちさんは、ふくよかな図体でスネコスリに飛びかかった。

「赤ちゃんとて許さぬですにゃー！」

咄嗟に僕は、スネコスリに向かって叫ぶ。

「危ない！　逃げて、スネコスリ！」

スネコスリは気にせずビスケットを齧っている。かと思いきや、おもちさんの猫パンチが飛び出すその寸前、するんと、おもちさんの懐《ふところ》に入って脚の間をすり抜け、おもちさんの背後に回った。ビスケットは咥えたままである。

おもちさんも負けじと体を捻って、二発目の猫パンチを繰り出したが、スネコスリはそれもすり抜けて躱した。そして床をするすると走り、僕の足に顔を擦って、笹倉さんの足の間を抜けて、柴崎さんの靴の上を通り、子供たちの足の隙間を縫って、開け放たれた戸から外へと逃げていった。

「待つですにゃ！　ビスケット返すですにゃー！」

おもちさんも全速力で、スネコスリに続く。戸の前の子供たちは、ぽかんとして立ち尽くす。僕はカウンターから出て、解き放たれたスネコスリとおもちさんを追いかけた。

「こらこら、怪我するからやめなさい！」

僕が止めても、二匹は聞いていない。おもちさんがビスケット目掛けて爪を光らせ、スネコスリは素早く躱す。攻撃されても余裕があるようで、おもちさんの足をすりすりと頬擦りしてさえいる。

柴崎さんと笹倉さん、子供たちも、交番から出てきた。二匹の喧嘩を止めようと僕が間に入ると、おもちさんの攻撃を避けたスネコスリがしゅるしゅると向かってきて、僕の足を擽ってきた。

「うわっ」

足を取られた僕はお手本のように躓いて、尻餅をついた。

「おいおい、大丈夫か、小槇」

笹倉さんが僕の横にしゃがむ。スネコスリとおもちさんはまだ揉めている。どうしたものかと、途方に暮れていると。

「ん、なんだあれ」

僕の隣で、笹倉さんが怪訝《けげん》な顔をした。彼の視線の方向には、道路脇の植え込みがあった。その植え込みから、スネコスリらしき顔が、ぽこぽこと三つも覗いている。それも、今おもちさんとビスケットを巡って争っているスネコスリよりも、ひと回り大きいスネコスリだ。

背後で柴崎さんの声がした。

「あっ、あそこにも。あっちの民家の塀の上にも」

僕は辺りを見回して、目を疑った。街路樹の下、民家の塀、生け垣、交番の植木の根本にまで、スネコスリが潜んでいる。ぱっと見ただけでも、十匹はいる。

そしてそれらは皆、おもちさんと争うスネコスリを凝視している。いつの間にか、囲まれていたのだ。

「そういえば、あの小さいスネコスリは群れからはぐれたって、おもちさんが言ってた」

僕はおもちさんの言葉を思い起こして、自分を取り囲むスネコスリたちを見回した。

もしかして、小さいスネコスリが家族を捜していたのと同じで、群れの方も、はぐれた子スネコスリを捜していたのだろうか。

突如、そのスネコスリの群れが、一斉に持ち場から走り出した。真っ直ぐに突っ込んでくる先には、おもちさんがいる。

おもちさんが耳をぴんと立てて、身を強張らせる。

「にゃ!?」

そんなおもちさん目掛けて、スネコスリの大群が集中砲火する。押し寄せてきたスネコスリたちは、おもちさんの短い足に、全員で顔を擦りつけた。

「にゃー！　なにをするですにゃ！」

十匹ものスネコスリに代わる代わるすりすりされて、おもちさんは揉みくちゃにされた。

しかしそれはほんの数秒間の出来事で、スネコスリたちはあっという間に引いていき、すぐに植え込みや塀の向こうへと消えてしまった。

残っているのは、地べたでひっくり返っているおもちさんだけである。余程驚いたのか、仰向けで足を青空に向けたまま、おもちさんは硬直していた。僕は五メートルほど遠くから、声をかける。

「大丈夫ですか、おもちさん」

「ビスケット……取られたですにゃ」

肉球を空に伸ばし、おもちさんはか細い声で言った。

僕の後ろで、女の子の声がした。

「あれ？　私たちのスネコスリは？」

公園に城を作りたがっていた、あのいちばん背の低い女の子である。僕も周りを見回してみたが、彼女らが世話していたあの小さなスネコスリが見当たらない。どうやら、集まってきた群れに混ざって、一緒にいなくなってしまったみたいだ。

僕は尻餅の姿勢から、膝を抱いた。

「おもちさん。あのスネコスリ、家族を捜してるって言ってましたよね」

「お迎えが来たですにゃ」

毛が逆立っていたおもちさんの尻尾は、元どおりに萎んでいる。

おもちさんがそう言うならやはり、今のスネコスリたちは迷子のスネコスリの家族。はぐれてしまった子スネコスリを、群れの中に呼び戻しに来たのだ。

子供たちはしばらく、寂しそうに下を向いていた。僕と柴崎さんと笹倉さんは、互いに顔を見合わせた。数秒の無言のあと、笹倉さんがやれやれと肩を竦める。

「帰るところがあって迎えが来たなら、解決だな。さてと、仕事に戻るか。小槙、立てるか」

「はい。痛た……」

制服についた砂を払い、僕は立ち上がる。柴崎さんが、ふうとため息をつく。

「どうしたものかと思いましたが、いなくなってくれるなら、私は両親を説得せずに済みますね」

ドライに受け入れる柴崎さんの横で、子供たちが口を結んでいる。やがてリーダーが、腕を組んだ。

「まあ、あいつにも母ちゃんがいるんだよな。再会できて良かったよ。俺も家でひとりでいるとき、母ちゃん帰ってくると、ほっとする」

すると、俯いていたお下げの子と毬栗頭の子も、切り替えて明るい声を出した。

「寂しいけど、あの子にも自分の群れとおうちがあるなら、そこに帰った方がいいよね」

「良かったよ、帰るところに帰れて」

いちばん小さな女の子だけは、まだ顔を上げなかった。猫ちぐらを持っていったり、城を作ろうとしたりと、たっぷり可愛がっていた子だ。突然の別れに、気持ちの整理が追いつかないのだろう。

彼女はぐすっと、鼻を鳴らした。

「でも、でも。パパとママがいないときは、私たちこうして、四人で遊べる。だから、あの子も……たまに大冒険したいときは、また遊びに来てほしい」

懸命に受け入れようとする彼女の姿に、僕は胸が打たれた。

「うん、そうだね」

素直に泣いてしまう女の子は、寂しさを押し殺している他の三人の心を映す鏡のようだった。

飼い主捜しに手間がかかったスネコスリだったが、多方面から案が出た途端、迎えが来て万事解決した。もう文字どおり足元を掬《すく》われることはないし、誰が飼うか揉める必要もなくなった。スネコスリ自身も、本来いるべきところへ帰れた。

僕はすっきりした気持ちだったが、おもちさんは不満げだ。

「吾輩、鬱陶しくされても我慢したというのに、ビスケットをばら撒かれ、挙句の果てにすりすりの集中砲火を食らう始末。踏んだり蹴ったりですにゃ」

短い足をじたばたさせて怒っている。僕は苦笑いで、おもちさんを抱き上げた。

「お疲れ様でした。新しいおやつ開けましょうね」

「ビスケットと煮干しと鰹節《かつおぶし》、盛り合わせですにゃ」

「そうしましょうね」

今日くらいは、おもちさんを甘やかそうと思った。

あの日の醤油ラーメン

お店を持つ人は、験担ぎを大切にしていることが多い。かつぶし町商店街の人たちは、おもちさんを撫でて、商売繁盛を祈る。

おもちさんに本当に願いを叶える力があるかどうかはなんとも言えないが、これは神社でお祈りしたりとか、店に達磨《だるま》を置いたりするようなものだ。「お店が栄えますように」——そんな想いを形にする、ちょっとした儀式である。

ある朝、おもちさんと一緒に立番をしていた僕に、通勤中の日生さんが駆け寄ってきた。

「昨晩行きました、『喵喵軒』！　醤油ラーメン、おいしかったです」

「お、行かれたんですね」

「はい！　昔ながらの町中華ですね。バイトの凛花ちゃんも、感じがよくてかわいい」

かつぶし町の町中華、「喵喵軒」は、地元の人たちに密《ひそ》かに愛されるディープな名店である。

看板メニューは、シンプルな醤油ラーメン。かつぶし町の魚介を使ったあっさりめのスープは、飽きのこない味わいである。大抵の人はこのラーメンで店の味を知り、他のメニューにも手を伸ばすようになり、気がつくと常連客になっている。

　実は僕もそのひとりである。この店を知ったのはかつぶし交番勤務二年目に入ってからで、春川くんの勧めで行ったのが最初だった。僕はあの店の、どことなく懐かしい味を思い浮かべた。

「あの外連味《けれんみ》のない味が良いんですよね。余計なことはしない、直球勝負な味付け」

「店主さん、『お客にハッタリは通用しない』って言ってたですにゃ。チャーシュー、おいしかったですにゃー」

　たまに分けてもらえるチャーシューやエビの欠片しか食べたことがないくせに、おもちさんが会話に参加する。

「ハッタリは通用しない」。これは、「喵喵軒」店主、富松《とまつ》さんのポリシーである。

　富松さんは、絵に描いたような寡黙《かもく》な頑固親父である。そして情に厚く、料理に真正面から向き合う人である。「変わったことをしてお客さんを惹きつけるのではなく、お客さんを想うサービスと、自慢の味で勝負する」。そのスタイルだから、好きになったお客さんはずっと嵌るのだ。

　そして富松さんは、店に嵌るお客さんを喜ばせるのが大好きだ。週三回のチャーシュー大盛りの日は、客寄せ目的で始めたのではなくて、常連客に向けたサービスだという。

「料理に真正面から向き合い、その味についてきてくれる人に心からのサービスをする……職人気質《かたぎ》な人ですよね」

情熱はあれど愛想があるタイプではない富松さんは、厨房メインで殆ど接客には当たらない。代わりにホールには、富松さんのせっかちでお喋りな奥さんと、にこやかで気立ての良い留学生の女の子がいる。この三人のバランスがまた、店の味わい深さのひとつである。

おもちさんは耳をぺたんと寝かせた。

「店主さんは自分の持つものだけで勝負すると決めてるから、吾輩をナデナデしないですにゃ」

「験担ぎに頼らないんですね。自分の料理の腕だけ信じてる、そういうところも、堅物の富松さんらしいなあ」

甘やかされたいおもちさんとしては、撫でてもらえないのは寂しいらしい。

日生さんが虚空を仰ぐ。

「へえ、意外です。なんだかチャレンジングな面白いお店やったから、おもちさんに成功祈ったりしてそうやのに。生シラスてんこ盛りラーメンとか、海鮮丼炒飯とか、初めて見ました」

「そんなメニューありました？」

日生さんの口から出たそれは、僕も知らないメニューである。日生さんが小首を傾げる。

「ありましたよ。他にも風変わりなメニューがいっぱいあって、面白いお店やなあと思いました」

　知らないうちにメニューが増えたみたいだ。先日チャーシューの日にテイクアウトの注文をしたときには、僕は食べたい物が決まっていて、メニューを確認しなかった。もしかして、その頃からすでに新メニューはあったのだろうか。生シラスてんこ盛りラーメンとか、海鮮丼炒飯……シンプルイズベストを極める「喵喵軒」にしては珍しい、なかなか尖ったメニューである。

　日生さんがぽんと手を叩く。

「それと、おまわりさんおすすめのごま団子も食べたんやけど」

「ああ！　あれは絶品ですね」

　絶妙な厚みのもちもちな生地の表面に、薄く均一に貼り付いた白ごま。香ばしさが最初に口に広がり、噛むともっちりした食感と餡《あん》の滑《なめ》らかさが、互いを邪魔することなく絡み合う、黄金比バランスのごま団子だ。

　日生さんは、んー、と唸った。

「まさかお皿から溢れるほどのごまがかかってるとは思わなくて、見た瞬間笑っちゃいました。殆どごまの味しか覚えてへん」

「ん？　それ、『喵喵軒』のごま団子ですか？」

なんだか、別の店の話をしているのではないかというくらい、僕の知る「喵喵軒」と違う。日生さんは楽しそうに語った。

「そうですよー。ごま団子も面白かったけど、醤油ラーメンにサービスでトッピング三倍やったのも笑ったし、注文してない餃子《ぎょうざ》と焼売《しゅうまい》までつけてくれたのもびっくりでした。そんな食べ切れへんて。帰りにはクーポンいっぱいくれたし」

「そんな過剰にサービスするお店だったかな……？」

あの店には何度かかよったが、頼んでもいないのにトッピングを大盛りにされたり、注文していないメニューをサービスされた経験はない。クーポンだって、そんなにばら撒いていなかった。

日生さんに詳しく聞こうとしたが、彼女は腕時計を見て飛び上がった。

「あっ！　遅刻する。それじゃおまわりさん、また！」

出勤途中だった日生さんは、ひらりと手を振って走り去っていった。僕は「お気をつけて」と声をかけてから、首を傾げた。

「『喵喵軒』、方向性を変えたんでしょうか。近々行って、確認してきます」

「ぜひとも新メニューに挑戦するですにゃ」

おもちさんはまったりと、毛づくろいを始めた。

そんなことがあった日から、数日後。

「いや、おいしいんですよ。まずいわけじゃないんです。でも、なんていうか……」

夕方のパトロール中、僕は自転車のカゴの中のおもちさんにぼやいていた。

「味が変わったような気は、否めないです」

「つまり、おいしくなくなったですにゃ」

「そこまでは言わないですけど……」

パトロールをしていて「喵喵軒」の前を通りかかったとき、おもちさんが日生さんの話を思い出し、僕に店の様子を訊いてきたのだった。

休日に行ってみた「喵喵軒」は、日生さんの言ったとおりだった。壁に貼られたメニューには、今まではなかったような変わったメニューが追加されていて、ひと皿の量がやたらめったらに増え、クーポンは束で渡され、ごま団子はごままみれだった。

さらに、メニューの種類や一食分の量が増えた反動なのか、料理が大味になっていた。決しておいしくないわけではないが、以前と比べると、味が落ちていた。それで量が多いから、だんだんと飽きてきてしまう。

お客さんも、以前に比べて随分と減った。接客を担当していた奥さんは見当たらず、厨房の富松さんと、あとはバイトの凛花さんだけで店を回しており、それでも時間を持て余しているように見えた。

店の前を通り過ぎて、公園の方へと向かっていく。

「ごま団子は、正直ショックでした。ごまの層と生地の層と、餡の量のバランスがとても好きだったので……。なんで変えちゃったんだろう」

「店も人も、時代とともに変わりゆくもの。しかし時に、痛みを伴うですにゃあ」

北風がおもちさんのヒゲを揺らす。僕の憂いのため息は白く伸びて、冷たい空気の中に消えた。

公園を通過しようとして、ふと、僕は自転車のブレーキを握った。公園の奥のベンチで、淡い桃色のコートを着た女性が俯いている。おもちさんの目にも、彼女がとまったらしい。

「凛花ちゃんですにゃ」

「喵喵軒」のバイトの、留学生の凛花さん。朗らかで気立ての良い、店の看板娘である。彼女は富松さんの奥さんと一緒に、ふたりで接客を担っている。

おもちさんがカゴの中で立って、縁に前足を乗せた。

「ちょうどいいですにゃ。小槇くん、なんでごま団子変わっちゃったのか訊くですにゃ」

「訊けませんよ、そんなこと！」

「なぜですにゃ。小槇くん、さっき『なんで変えちゃったんだろう』って言ったですにゃ。

おやつはおいしい方が良いに決まってるんだから、なにもおかしくない疑問ですにゃ」

おもちさんが促してくるが、僕は仰け反って苦笑するばかりである。バイトの凛花さんなら店の事情に詳しいかもしれないが、なぜ味が落ちたのかなんて、面と向かって訊きにくい。

そうこうしているうちに、凛花さんの方が僕らに気がついた。それまで顔を伏せていた彼女だったが、僕と目が合うと、どこか寂しそうな笑顔を見せて手を振ってくれた。

僕はおもちさんを乗せた自転車を引いて、公園に入った。凛花さんが座るベンチの横に、自転車を停める。

「こんにちは、凛花さん。今日はバイトはお休みですか？」

「ええと……それが……」

凛花さんは苦笑して言葉を濁し、話を変えた。

「おまわりさん、この前お店に来てくれましたよね。うちのお店、なんか最近、変だと思いませんか？」

僕は思わず、顔を強張らせた。不思議に思っていたことを、凛花さんの方から切り出された。

「変というか、なんというか。以前と変わった感じはします」

「どう考えても変でしょ。めちゃくちゃな組み合わせの新メニューとか、バランスの崩れた盛り付けとか」

僕が言葉を選んだのに、凛花さんは直球に言い放った。僕はちらりとおもちさんに目配せし、凛花さんに訊ねてみた。

「なにか、理由があるんですか？」

「はい。お店の事情なので、本当はあまり話しちゃいけないのかもしれないけど……」

凛花さんは、少し言いにくそうに、それでいて言わずにはいられないといった顔で、話してくれた。

「ひと駅隣の町に、新しい中華料理店ができたのはご存知ですか？　そのお店ができて以来、富松さんは変わってしまいました」

そういえば先週、隣町に「肉球飯店《にくきゅうはんてん》」という新しい店がオープンした。元スポーツ選手の若い男性が始めた店だと聞いている。

おもちさんは、自転車のカゴの縁に前足を並べている。凛花さんが訥々と続けた。

「この新しいお店、とっても評判が良いみたいです。料理はシンプルなのにどこか華があって、店主さんも爽《さわ》やかで。外装も内装も新しくてきれいです」

「へえー、行ってみようかな」

僕が素直に思ったことをありのままに言うと、凛花さんはしゅんと、一層項垂れた。

「そうなりますよね……。実はそうして、『喵喵軒』のお客さんも『肉球飯店』に流れてしまってるんです」

「そっか、距離もまあまあ近いし、ライバル店なんですね」

「富松さんは、最初は『肉球飯店』をなんとも思っていませんでした。お客さんがそちらの味を見に行くのは想定内だし、それに店主が元スポーツ選手でちょっとした有名人ですから、話題にもなりますでしょうし。そうだとしても、常連さんたちは必ず『喵喵軒』に帰ってくる自信があったんです」

「喵喵軒」の富松さんは、自身の料理の腕に絶対の自信を持っている。そしてその味を愛してくれるお客さんを、心から信頼している。だから、新しい店ができたところで、お客さんが流れるのは最初だけだと考えていた。

「ですが、『肉球飯店』に行ってきたというお客さんが言うには、『肉球飯店』の味は『喵喵軒』にすごく似てるそうなんです」

凛花さんの表情は、重く、暗かった。

「味をコピーされて、それでいて向こうの方がお店は新しくてきれいで、話題性もあるとなると……お客さんが、こっちに戻ってこないかもしれない。富松さんは、この辺りから焦りはじめました」

同じ味を作られてしまうのでは、「喵喵軒」の個性を潰されてしまう。

「富松さんは、隣町に流れてしまったお客さんを呼び戻そうとして、新メニューを始めました。でもそれじゃ、新しいお店のインパクトには勝てなかった。今度は大盛りやクーポンでお得感を出したり、話題性重視で味は度外視の変なメニューを作ったりと……いろいろなアピールを始めました」

「それが加速して、この状況、と」

僕の声も、自然と沈んだ。らしくない新メニューや、度を越した大盛りサービスの謎が解けた。お客さんを呼び戻したくて必死になりすぎた、店主の暴走……これが真相だったのだ。

凛花さんは、小さく頷いた。

「お客さんが減った上に無理なサービスをするから、お店の利益ががくっと落ちてしまって……奥さんも今は手伝いから抜けて、パート先を探してます。奥さんがいないと、富松さんの暴走を止められる人もいなくて……」

話を聞くだけでも、ギスギスした空気は想像に難くない。

「私、『肉球飯店』の人気の秘密を探ろうと思って、実際に行ってみたんです。それを富松さんに伝えたら、『ライバル店になんか行くな』『裏切り者、出ていけ』って怒られちゃって……それで私、お店を追い出されて、こうして公園で途方に暮れていたんです」

「そ、そんなことが。それはちょっと、横暴が過ぎますよ」

富松さんは「肉球飯店」を目の敵にするあまり、凛花さんの偵察《ていさつ》すらも許せなかったというのか。

「『肉球飯店』は評判のとおり、『喵喵軒』と同じ系統のシンプルな味で、おいしかったです。

お客さんもにこにこしてて満足そうでしたし、店主は話しやすい気さくな方でした」

　凛花さんがため息をつく。

「それに比べて『喵喵軒』は、メニューも量もおかしくてお客さんが困惑してる。富松さんも、お客さんが少なくてずっとイライラしてるし……」

　肩を落とす凛花さんに、僕はなんと声をかけたらいいか分からなかった。

　最初に富松さんが考えていたとおり、お客さんが別の店に流れてしまっても、「喵喵軒」に慣れ親しんだお客さんたちは戻ってきただろう。しかし富松さんは、焦って店のスタンスを変えてしまった。

　一方で「肉球飯店」は、新規出店という一過性の話題で終わらせず、お店の魅力でお客さんの心を掴んだ。「喵喵軒」は味が変わってしまったし、他においしい店があるならと、お客さんは「肉球飯店」を選ぶようになる。富松さんは余計に焦って、奇を衒《てら》ったアプローチばかりしてしまう……悪循環だ。

　静かに聞いていたおもちさんが、口を開いた。

「凛花ちゃん」

　そして黄金色の目をきゅっと糸のように細め、小さな牙を見せた。

「吾輩をぎゅーっとするですにゃ」

「へ？」

凜花さんが顔を上げた。拍子抜けする彼女の前で、僕も驚いておもちさんの顔を振り向く。おもちさんはカゴの中から身を乗り出して、ぴょんと飛び降りた。凜花さんが座っているベンチに着地して、前足をぽんと、凜花さんの膝に乗せる。

「小槙くんはお疲れのときや怖いときに、吾輩をぎゅーっとするですにゃ」

「えっ、そうなの？」

凜花さんがちらっと僕を見る。おもちさんで癒やしを補給していることをさらっとばらされた僕は、つい目を逸らした。

おもちさんはのしのしと、凜花さんの膝の上に座った。

「凜花ちゃんも、今カチカチだから、吾輩をぎゅーっとして、たくさん撫でたらいいですにゃ」

おもちさんが撫でてほしそうに耳を寝かせる。凜花さんはしばしぽかんとしていたが、そっと伸ばした手を、おもちさんの背中に置いた。

「そういえば、おもちさんを撫でると願いが叶うって、聞いたことある」

それは本当かどうか、分からないけれど。凜花さんは、おもちさんを抱き上げると、優しく抱きしめた。おもちさんとほっぺた同士をくっつけて、目を閉じる。

「『喵喵軒』が……富松さんが、私が好きだった頃のように、戻りますように」

おもちさんの耳元で、凜花さんは細い声で囁《ささや》いた。冬の風で一瞬で攫《さら》われてしまいそうなほど、小さく、消えかけた祈りだった。

凛花さんはすんと、鼻を鳴らした。

「私ね。まだ日本に来たばかりの頃、日本語が上手くなかったんです。大学の授業は難しいし、バイトを始めてもお客さんとのコミュニケーションで失敗しちゃって、クビになって……頑張って留学したけど、故郷に帰りたくなった時期があったんです」

おもちさんの焼き目模様の背中を、彼女は細い指で撫でた。

「そんなとき、今日みたいな寒い日に、この町であのお店を見つけて。故郷の味に似てるものが食べられるかな、って気持ちで、ふらっと入ったんです」

優しく撫でてもらって、おもちさんは眠たそうに目を細めている。

「今でも覚えてます。あのとき私は、醤油ラーメンを注文した。店主……富松さんは、落ち込んでる私を見て、味玉をサービスしてくれました。理由も聞かずに、ただ、『お疲れ様』とだけ言って」

その瞬間、僕の頭の中に、かつての「喵喵軒」の光景が鮮明に蘇った。

古くて少し狭い店内に、座り心地の悪い硬い椅子、ちょっと無愛想な店主が運んでくる、熱々の料理。湯気から良い匂いがして、半分に切られた味玉の黄身がきらきらして。「おいしい」と声に出すと、表情の硬い寡黙な店主が、「そうだろう」と言わんばかりにニッと笑う。

「醤油ラーメンは、日本人の舌に合わせた日本の味で、故郷の味とは全く違いました。でも、不思議と懐かしい味でした。寒さで凍えきった体に、やさしく染み渡って……涙が出るほどおいしかった」

凛花さんが、おもちさんに鼻先をうずめる。

「私は富松さんにお礼を言いました。だけどまだ日本語が上手くなかったから、自分の気持ちを上手く言い表せなかった。いつかちゃんと伝えられるようになろうって、もう一度、頑張ろうって思えました」

おもちさんはうとうとしては、ゆっくりとまばたきをした。凛花さんが続ける。

「その場で頼み込んで、困惑する富松さんを押し切る形で、バイトとして雇ってもらいました。この町の人たちは、私が上手く話せなくてものんびり待ってくれた。おかげで、私もだんだんと日本語を流暢《りゅうちょう》に話せるようになりました。今の私があるのは、あの日の醤油ラーメンのおかげなんです」

そうだったのか。凛花さんはあの店のバイトであると同時に、誰よりも「喵喵軒」の大ファンなのだ。

「でも、今日、富松さんを怒らせてしまいました。あんなに良くしてもらったのに、私がライバル店なんかに行ったから。きっともう、愛想尽かされちゃいました」

「そんなことないですよ。富松さんは今、暴走気味ですから……一時的に、感情が昂《たかぶ》ってしまっただけですよ。今頃冷静になって、凜花さんを待ってるかも」

僕が苦笑すると、凜花さんは泣きそうな顔で微笑んだ。凜花さんの腕の中で、おもちさんが言う。

「そういえば今日は、チャーシューの日ですにゃ。小槙くんがチャーシュー禁止令を出して以来、吾輩、チャーシュー食べてないですにゃ」

おもちさんはもぞもぞと凜花さんの腕を抜けて、ベンチを飛び降りた。

「お客さんが減ってるなら、チャーシュー余ってるかもしれないですにゃ。どれ、吾輩が食べてあげるですにゃ」

丸い背中がトコトコと、「喵喵軒」へと向かっていく。なんてマイペースなんだ。猫だから仕方ないか。

おもちさんの後ろ姿を目で追い、凜花さんも、立ち上がった。おもちさんの狭い歩幅に合わせて、彼女もゆっくりと歩きはじめる。時間をかけて一歩一歩を踏み出していく姿は、まるでひとつずつ、気持ちを整理する時間を取るかのように見えた。僕は自転車のスタンドを蹴って、その背中についていく。

パトロールしてきた道を逆戻りして、「喵喵軒」が見えてきた。凜花さんの足取りが、少し重くなる。戸の前で立ち止まってしまった彼女を、おもちさんが見上げている。おもちさんと目配せをして、凜花さんは覚悟を決めて、戸をカラカラと開けた。

中から、低い声が迎える。

「いらっしゃ……はあ、凛花か」

凛花さん越しに、店内の様子が見える。厨房《ちゅうぼう》から顔を出す、頭に白いタオルを巻いたおじさんがいる。この店の店主、富松さんである。

「出ていけと言ったはずだ」

店内にお客さんはいない。いるのは、暇そうにカウンターに肘をつく富松さんだけである。

富松さんの冷たい態度に、凛花さんは顔を歪《ゆが》めた。

彼女を見上げ、おもちさんはのんびりとまばたきをした。そして平然と、店内に入っていく。富松さんがくわっと怖い顔をする。

「おい！　飲食店だぞ。猫は入ってくるな」

「ごめんくださぃ。チャーシュー、いただきに来たですにゃ」

マイペースすぎるおもちさんに、僕もびっくりした。店に駆け込み、慌てておもちさんを捕獲《ほかく》する。

「すみません」

「客じゃないなら早く出ていけ」

富松さんが僕に凄む。野生動物みたいだ、と僕は思った。近づく者全てに心を許せず、威嚇する。

そんな富松さんに、凛花さんは覚悟を決めたように切り出した。

『肉球飯店』、おいしかったです。お客さんたくさん入ってて、皆楽しそうに食事してました」

「うるさい！　他所の店の話をするな」

険しい顔をして、富松さんが吠える。

「客も客だ。うちがいちばんんだと言っていた奴らまで、あんなぽっと出の店に流れやがって。戻ってこなくて結構だ。恩知らずのバカ共に出す飯はない」

おもちさんを抱えて、僕はギクッとした。軽い気持ちで「行ってみようかな」と口にした、僕に向けられた言葉かのように思えてしまった。

凛花さんもショックだったみたいだ。咄嗟になにも言えず、立ち尽くしてしまっている。

そんな彼女にも、やさぐれた富松さんは容赦しない。

「戸の前に立つな。邪魔だ。お前もそんなに向こうの店が好きなら、そっちに行けばいい。うちの店に裏切り者は要らん」

「一回様子を見に行っただけです。そんな言い方……」

凛花さんが掠れた声を絞り出す。僕は彼女に代わってなにか言い返そうとした。でも、途中で言葉が喉でつかえた。

凛花さんが裏切ったわけではないことくらい、富松さんだって分かっているはずだ。同じ店に立つ味方である彼女が、新しい店を見に行った。向こうの店は魅力的らしい。他のお客さんみたいに、凛花さんまで奪われてしまうのではないか……ネガティブな想像が重なって、こんなことを言うのだろう。

富松さんが凛花さんを傷つけるのは、彼自身が傷ついているからだ。傷ついて、周りの全てが敵に見えて、攻撃しないと自分を守れなくなっているのだ。

かける言葉に悩んでいると、僕の腕の中のおもちさんが言った。

「それは八つ当たりですにゃ。憎むべきは凛花ちゃんじゃないですにゃ」

「あ?」

富松さんがおもちさんを睨んだ。強面のおじさんから鋭い眼光を向けられても、マイペースな猫であるおもちさんは、怯まない。

「憎むべきは凛花ちゃんではないし、流れちゃったお客さんでも、まして、新しいお店でもないですにゃ。強いて言えば、君の不安を煽るいろんな要因が重なっちゃった、運の悪さを憎むですにゃ」

丸い横顔が、のんびりとまばたきをする。

「憎む対象を広げてしまうと、いつか、大事なものを大事にできなくなるですにゃ」

富松さんは、口を結んでいた。天敵を威嚇する獣のようないかめしい顔で、おもちさんを睨みつけている。

凛花さんがおもちさんを一瞥し、それからまた、富松さんに向き直った。

「クビだというのなら、受け入れます。でも、醤油ラーメンに味玉を付けてもらったひとりの客として、これだけは言わせてください」

彼女はきゅっと、拳を握る。

「あの日、私の気持ちに寄り添ってくれて、ありがとうございました」

閑古鳥《かんこどり》の店内に、声が凛と響いた。

「どうにもできないやるせない気持ちで、なにもかもが嫌になっていたとき、あなたの優しさに救われました。余計な詮索はせず、ただ、落ち込んでいる私を受け入れてくれた。それがなにより、私がこのお店を好きになった理由です」

富松さんが、顔を上げた。

「優しさ……？」

「はい。悩みを聞くとか相談に乗るとか、そういう優しさだけが、優しさではなくて。あなたの優しさは、人の悲しみに気づいて、『おいしいものでも食べてくれ』と、そっとしておいてくれることでした」

おもちさんも凛花さんを見上げている。凛花さんは、は、と息を短く吸って、呼吸を整えた。

「あのときの私は、まだ知っている日本語が少なくて、気持ちを上手く言葉にできませんでした。『すごくおいしかったから、バイトしたい』としか伝えられなかった。でも、今なら言える。私は、富松さんに救われて、そんなあなたについていきたいと思った。だから、ここで働きたかったんです」

日本語が流暢ではなかった頃から、現在まで。彼女は当初の気持ちを、忘れずに持ち続けていた。それだけ鮮明に、心に刻まれているのだ。

富松さんの険しい顔は、いつの間にか、面食らった顔に変わっていた。目をぱちくりさせて、数秒、凛花さんの想いを噛み締めていた。

「そう、だったのか」

「そうですよ。お客さんたちだって、このお店のそういうところが好きだったんです」

凛花さんが膨れっ面になる。

「それなのにあなたときたら、ただヘンテコなだけのおいしくないメニューで目立とうとして、食べきれないほど大盛りにして、味のバランスもめちゃくちゃにして。お客さんの気持ちを考えないから、お客さんが離れていくんですよ」

「そうだったのか」

富松さんがまた、同じ言葉を繰り返す。彼は確認するかのように、僕と目を合わせてきた。この店の客のひとりである僕は、遠慮がちに頷いた。

「ごま団子、以前のバランスの方が良かったです。ごまが多ければ多いほどお得というものではないので……」

聞いてもらえるチャンスが巡ってくると、言っておきたいことが溢れ出す。

「それと、珍しいメニューを無闇に増やすより、今までのメニューのクオリティを保ってほしいです。あと、量が多いのは嬉しいけど、多すぎてデザートを食べる頃にはおなかいっぱいになってしまうのがもったいないです。クーポンが多いのも、ありがたいけど、お店が無理してないか心配になります」

客の生の声を聞いて、富松さんはようやく、己を省みた。

「大事なものを大事にできなくなる……か。目立つことばかり考えて、客を大事にしなかった、その結果がこの有様か」

ぼそりと呟く彼に、凛花さんがはっきりと言う。

「そうです。味、サービス、真心が二の次じゃ、見た目にインパクトがあってもリピーターにはなりません。見た目で驚かせるだけじゃ、すぐ飽きられてしまいますよ」

ずっと歳下の、バイトの若い子から歯に衣着せぬ物言いで言われ、富松さんはくしゃっと顔を顰《しか》めた。そして厨房から出てくると、彼は深々と、タオルを巻いた頭を下げる。

「凛花、戻ってきてくれ。そしてお客さんがなにを求めているか、教えてくれ」

「当たり前ですよ。私はそのために、『肉球飯店』に偵察に行ったんですから」

凛花さんが、堂々と言い切った。

『肉球飯店』の主人、元スポーツ選手だって、知ってます?」

「それは耳に入ってる」

「私、彼と直接話してきたんですけどね。数年前に怪我を理由に引退を余儀なくされて、すごく落ち込んでたそうです。その診断が出された帰りに、とある町中華に立ち寄った」

凛花さんがカウンター席に腰を下ろす。

「今にも泣きそうだった彼の顔を見て、そのお店の店主は、なにも言わずにラーメンに味玉をサービスしてくれたそうですよ」

富松さんも僕も、おもちさんも、黙って聞いていた。

「彼はそのお店の振る舞いに胸を打たれて、気持ちが切り替わったそうです。選手の道が断たれ、次の仕事を見つけなくてはならないときに、天命が下った気分で。自分も、こんなふうに人に寄り添えるお店を持ちたいと。あの店に近づきたいと、必死に修行したそうです」

富松さんは口を半開きにして、呆然としていた。かつてのスポーツ選手のお客さんの顔を、思い出したのかもしれない。凛花さんはくすっと笑った。

「憧れが強かったから、味がそっくりになったのかもしれませんね」

僕はおもちさんと顔を見合わせた。そうか、「肉球飯店」の店主も、凛花さんと同じだったのだ。

富松さんは雷に打たれたような顔で、固まっていた。数秒後、かくっと項垂れる。

「もう一度、彼が憧れた店に戻れるだろうか」

か細い声が、静寂の店内に消える。凛花さんはしばし彼を見つめ、そしてちらりと、こちらに目を向けた。

「不安だったら、おもちさんを抱っこしてみたらどうでしょうか？」

おもちさんのヒゲがぴくっとした。凛花さんの手が、おもちさんを指し示す。

「ぎゅーっと抱っこして、優しく撫でるんです。撫でると願いが叶うんですよ」

「迷信だろう」

「迷信でも、言い伝えにすぎなくても、自分の願いに正直になるだけでも、良いじゃないですか」

凛花さんが促すと、富松さんは訝《いぶか》しげな顔をおもちさんに向けた。おもちさんは耳をぴくぴくさせて、富松さんを見つめ返す。僕はおもちさんを抱きかかえ直して、富松さんに歩み寄った。

「おもちさんに触れると、気持ちが少し、軽くなりますよ。ね、おもちさん」

「チャーシューくれるなら、触ってもいいですにゃ」

おもちさんが前足を富松さんに伸ばす。僕が富松さんにおもちさんを差し出すと、富松さんは、慎重におもちさんを受け取り、筋肉質な腕でふわりと、おもちさんを包んだ。

富松さんの表情が、少し、柔らかくなる。まるで、棘《とげ》だらけになっていた彼の心から、一本ずつ、棘が落ちていくようだった。おもちさんは富松さんの安定感のある腕の中で、心地よさそうに目を閉じている。

静かな店の中に、おもちさんの喉の音が、ゴロゴロと響いていた。


それから数日後、非番の日の夕食に、僕は「喵喵軒」を訪ねた。

「いらっしゃいませー！」

看板娘の凛花さんの声が、僕を出迎える。ちらほらとだが、数日前よりお客さんが戻っている。

席について、今日の夕食を選ぶ。メニューは刷新《さっしん》されて、面妖《めんよう》な新メニューは消えていた。代わりに「杏仁《あんにん》マンゴープリン」の貼り紙を見つけた。

「おいしそう」

僕が呟くと、気づいた凛花さんが歩み寄ってきた。

「でしょう？　ごま団子と杏仁マンゴープリンのハーフ&ハーフもできますよ」

「本当？　じゃあ、それとチャーシュー麺で」

「はあい。デザートは食後にお持ちしますね」

凛花さんは注文を受けて、厨房の富松さんの下《もと》へ行った。

三角巾のおばちゃんが、お客さんと談笑している。富松さんの奥さんは、ホールに戻ってきたようだ。

「はい、お待ち」

トンと、テーブルにチャーシュー麺を置かれた。運んできたのは、富松さんである。

「いただきま……あっ」

割り箸を持って、僕は麺の上の味玉が、ひとつ多いことに気づいた。富松さんを見上げると、彼は不器用にニッと笑う。

「凛花を連れ戻してきてもらって礼をしないのは、俺の矜持《きょうじ》が許さないからな」

「ははは。ありがとうございます」

連れ戻しただなんて、僕はなにもしていないが、ここの味玉はおいしいので遠慮なくいただいておく。富松さんは、テーブルを挟んで向かいの椅子に、腰を下ろした。

「あのあと、『肉球飯店』に乗り込んでやったよ。うちそっくりの味とやらがどんなもんか、確かめてやった」

「肉球飯店」の店主は、富松さんの顔を覚えていたそうだ。彼の来店を喜び、「自分も富松さんのような料理を作って、自分みたいな人に食べさせたい」と無邪気に語ったという。

「営業妨害する気は全くなかった、っつうのはよく伝わってきた。だから俺も、『そうか』

とだけ」

相手の店主の想いを知った富松さんは、自分の店の状況については触れなかったそうだ。

「そんな経緯もあって、これからは互いに協力していこうっつう話になってな。共通クーポンとか、共同開発メニューを作るはめになった」

「なんか……すごく仲良しになったんですね」

富松さんは活き活きとしていて、先日までの獣のような目が嘘みたいだ。彼は、ちょっとだけ活気が戻った店内を見回した。

「牛の歩みだが、店が再生されてきてる」

「安心しました。お店が元に戻って、『肉球飯店』とも和解できて」

おもちさんを撫でたおかげなのかなあ、と、頭の端っこでちらっと思った。いや、これは凛花さんが勇気を出して、そして富松さんがちゃんと自分自身と向き合った結果だ。おもちさんは、そのきっかけにすぎない。

「俺は、中華に情熱を捧《ささ》げる一本気な職人のつもりでいたんだ」

富松さんが、古い天井を仰いだ。

「だが客に向き合うことを忘れれば、職人気取りなだけの嫌な奴になっちまう。なっちまうというか、なっていた。それに気づけて、良かった」

そして彼は、「よいせ」と呟いて立ち上がった。

「あいつにも礼をしてやらねえとな。チャーシューくれてやるから、顔見せろと伝えておいてくれ」

「太っちゃってしょうがないので、切れ端をちょこっとだけにしてくださいね」

おもちさんはおもちさんで、またファンを増やした。

厨房に戻っていく途中で、富松さんがこちらを振り向いた。

「杏仁マンゴープリンは、『肉球飯店』との共同開発メニューの第一弾だ。美味《うま》い以外言わせねえからな」

そう言って口角を上げた彼の笑顔は、今までに見たどの表情より晴れやかだった。

ナイルティラピア・ロンダリング

資金洗浄《マネー・ロンダリング》とは。汚れたルートで手に入れたお金を、架空の口座や他人の口座を転々とさせて、お金の出処を分かりにくくすることである。

ある日の朝の漁港は、帰ってきた漁船で活気づいていた。真冬の冷たい空気の中、海の男たちが獲れたての魚介類を船から下ろしている。

僕とおもちさんに、漁師のひとりが声をかけた。

「よう、おまわりさん、おもちさん」

「おはようございます」

「おはようですにゃ。今日はこれまた、大漁ですにゃあ」

おもちさんが感嘆すると、漁師はコンテナの中からひょいと、小さい魚を手に取った。

「ほれ、おもちさん。これやるよ」

売り物にならない魚だったのだろう、銀色の小さなそれが、おもちさんに向かって放られる。おもちさんはぱあっと目を輝かせ、魚に飛びついた。

「ありがとですにゃ！　いただきま……」

しかし、そんなおもちさんの言葉を、バサアッと大きな羽音が遮った。開いた翼の影が、朝の光からおもちさんを覆う。そして魚がおもちさんの口に届く前に、大きな灰色の鳥が魚を掻っ攫っていった。

「にゃー！　わ、吾輩の！」

裏返った声で叫ぶおもちさんの頭上を、鳥が通り過ぎていく。突然のことに僕は絶句し、漁師はけらけらと笑った。

「アオサギだ。ここの漁港じゃ、名物みたいなもんだな」

長い首と長い脚、おかげで体高は一メートルほどもある。かつぶし町の港のアオサギは、漁師や釣り人の魚を横取りしに現れる。人の傍に餌があることを覚えているからか、野鳥なのに手が触れそうなくらいの至近距離に平気でやってくる。

おもちさんの魚を持ち去ったアオサギは、停まっている漁船にひらひらと舞い降りた。岸ギリギリまで追いかけて、おもちさんが唸る。

「飛べるのずるいですにゃ」

見ていた他の漁師たちも、楽しげに笑う。

「わはは。もう一尾やるから、な」

別の魚を投げてもらい、おもちさんは今度こそ魚にありついた。満足げなおもちさんの向こうで、船の上のアオサギもぺろりと魚をひと飲みする。

そんなアオサギの妙にゆったりした仕草を、僕は遠巻きに眺めていた。

「アオサギ、しょっちゅうあんな感じなんですか？」

「そうだな。釣り人がちょっと目を離した隙に、釣った魚が入ったバケツをひっくり返して、全部持ってったりとかな」

漁師たちが口々にぼやく。

「あいつらだけじゃねえ。他の鳥やら野良猫も、ササッと盗んでくよ」

「自分で餌を捕るより楽だもんな」

船の上のアオサギが、黄色い目でじっとおもちさんを見ている。おもちさんはアオサギに盗られる前に、貰った魚を平らげた。漁師のおじさんの筋肉質な腕が、ガツンと僕の肩を抱いた。

「お前さん、警察官を引退したら漁師にならないか？　もちろん、この町で！」

「はは、考えておきます」

「俺たちが鍛えてやろう。警察の訓練よりハードかもな」

アオサギはしばしおもちさんと睨み合うと、羽音を立てて飛び去っていった。

また別の朝のこと。その日も、水揚げされた魚が海から港へと運び込まれていた。名物のシラスは、今の時期は禁漁期間だ。その代わり、冬の魚が港を賑わせる。

先日の漁師が、僕に挨拶をした。

「おはようさん。今日はおもちさん連れじゃねえのか」

「おはようございます。今朝はついてきませんでした。『寒いし眠い』って」

「ははは、そうか」

船に鳥が数羽、とまっている。銀色の海を見れば、水面にぷかぷかとカワウが浮かぶ。鳥たちは漁師と同じく、朝が早い。

漁師がそうだ、と、手袋を嵌めた手を叩いた。

「今朝も泥棒に入られたよ」

「ええっ、泥棒!?」

身構える僕に、漁師は苦笑いして、船の上の鳥を指さした。

「あ、泥棒といっても人間じゃなくて、いつものやつな。あいつらだよ」

どうやら魚を船から下ろしている最中に、鳥に盗られたらしい。

「しかも盗られたの、ティラピアだぞ」

「ピ？」

耳慣れない名前が出てきて、僕は目をぱちぱちさせた。

「ピラニア？」

「いや、ティラピア。ナイルティラピア」

漁師はそう言うと、古い型の携帯電話を取り出して、画面を僕に見せた。画面には、なにやらきれいな色の魚が映し出されている。うっすらと縞模様がある青緑色の体に、紫色の鰭《ひれ》。

「初めて見ました。こんな魚、この辺の海で穫れるんですね」

「いや、普段は全く。生息地に含まれてすらいない。今回は一尾だけ、なぜか偶然獲れたんだよ」

「そんなことあるんですか？」

「そう、珍しいから写真を撮ったんだ。なんでいたんだろうなあ。まあ、獲れたもんは獲れたんだよ」

漁師がガハハと豪快に笑う。この町の人たちは、猫が喋っても「喋るものは喋る」と割り切っている。珍しい魚が獲れたとしても、こうなのである。

漁師たちから見ても存在感があるナイルティラピアなるその魚は、鳥から見ても狙いを定めやすかったのかもしれない。

「一尾しかなかったから、なくなったらすぐ分かる。ほんの一瞬の内に、やられたよ」

「うーん。あまりこういうことが続くと、困りませんか？」

「まあな。損害額が大きくなったら、笑い話じゃ済まなくなる。けど、昔からよくあることだ。人間も自然の一部として、こうやって他の生き物と食べ物を取り合って、共生していくもんなんじゃねえか」

漁師が太い腕を組む。

「第一、相手が鳥やら猫やらじゃ、やめろと言ってやめてくれるもんでもねえ。奴さんも生きるのに必死だ。あいつらの素早さには、人間は敵わねえ」

漁師はそう言うと、作業を再開した。

人間も自然の一部として、共生していく——なるほどなあ、と思った。自然の海から魚を獲っているのは、人間も他の生き物たちも同じだ。

僕も仕事に戻る。見回りを終えて交番に戻ると、建物の前におもちさんがいた。引き戸の前で身を屈めて、なにか食べているようだ。

「おはようございます、おもちさん。誰かからなにか貰ったんですか？」

と、問いかけてから気づいた。おもちさんの前足の前に落ちていたのは、輝くような紫色の、魚の尻尾だった。

「ティラピア！」

大声に反応して、おもちさんがなに食わぬ顔で僕を見上げた。

「どうしたですにゃ」

「ティラピアだ。尻尾しかないけど」

一尾だけだったというから、間違いない。これは漁港から消えたティラピアだ。変わり果てた姿で見つかったそれの前に、僕はしゃがみこんだ。

「盗ったのは鳥だって聞いてたけど……そういえば野良猫も来るって言ってた。ティラピアを奪ったの、おもちさんだったのか」

まさかおもちさんが、漁港の魚を持ってくるとは。おもちさんは貰えるものは貰うけれど、貰っていないものにまで手を出すような真似は、僕が知る限り一度もなかった。仮にも交番の猫であるおもちさんがこんな悪事を働くだなんてと青ざめていると、おもちさんが不愉快そうに耳を下げた。

「なにを人聞きの悪いこと言ってるですにゃ。吾輩、お魚盗んだりしないですにゃ。これはカラスさんから貰ったですにゃ」

「貰った？」

きょとんとする僕に、おもちさんが頷く。

「この辺に住んでるカラスさん、たまに吾輩に食べ物くれるですにゃ。カラスさんはこのお魚を半分くらい持ってたけど、さらにその半分を吾輩にくれたですにゃ」

「そうでしたか。おもちさんが盗んだんじゃないんですね。失礼しました」

犯人は交番の猫ではなかったみたいだ。冤罪《えんざい》で良かった。

「漁港からティラピアを持ち去ったのは、カラスだったんですね」

「それも違うですにゃ。カラスさんは、これを神社で見つけたって言ってたですにゃ。漁港じゃないですにゃ」

「神社？　神社に魚が？」

「そう。落ちてたのを拾って、吾輩にくれたですにゃ」

カラスは落とし物を拾って、交番に届けただけ。いや、厳密には「交番の猫」に届けて、ティラピアは食べられてしまっているが。

「カラスも犯人じゃないのか。それにしても、魚が神社に落ちてるなんて、どんな状況？」

尻尾だけになったティラピアを見下ろし、首を捻る。おもちさんが僕を見上げた。

「小槙くんが言ってるお魚とこのお魚は、別のお魚かもしれないですにゃ。おんなじ種類の別のがいたのやもしれにゃい」

「いや、ティラピアがかつぶし町で獲れることなんて、そうないんですよ。これは港のティラピアでしょう」

「そうとも限らないですにゃ。もしもティラピアさんが新たに住処を広げようと、群れでかつぶし町に引っ越してきたのだとしたら。今まではかつぶし町にはいなかったお魚でも、これからはこの辺に住み着いて、いるのが当たり前になっていくかもしれないですにゃ」

「なるほど、そういう可能性もありますか」

これが港のティラピアだとしたら、何者かが漁港からティラピアを盗み、どういう経路かは謎だが神社に到着し、神社からカラスが拾っておもちさんへ渡ったと考えられる。最終的に手に入れたおもちさんは、漁港にティラピアがあったことすら知らなかった。

所在を転々とするうちに、このティラピアが誰を経由してどこから来たものなのか、曖昧になっている。こうなってしまうと、これが港のティラピアだとしても、おもちさんの言うように別のティラピアだとしても、もう分からない。

考える僕の横で、おもちさんがティラピアの尻尾を咥え、ぺろりと食べ切った。

「このお魚、とってもおいしかったですにゃ。町を探したら、また落ちてるかもしれないですにゃー」

「そう落ちてるものじゃないですよ」

おもちさんは今日も呑気である。

笹倉さんと交代して、非番の僕は退勤した。それから昼過ぎに、もう一度かつぶし町を訪れた。

「お？　どうした小槙」

交番の笹倉さんが僕を出迎える。僕は鞄から、お使いの品を取り出した。

「署で北里《きたざと》さんに会いまして、おもちさん宛に猫用鮭とば貰ったんです。消費期限が今日だったんで、届けにきました」

刑事課の北里さんは、愛猫のキャンディちゃんの大好物だという鮭とばをまとめ買いしたらしい。しかしキャンディちゃんが急に鮭とばに飽きてしまい、買い溜めた鮭とばを持て余してしまったそうだ。北里さんは、以前はマタタビを二十キロ買う注文ミスをしている。あの人はキャンディちゃんをかわいがるあまりに、よく空回る。

僕はそんな北里さんからお裾分けの鮭とばを貰って、おもちさんに届けにきた。それだけのために戻ってきた暇人の僕を、笹倉さんが労う。

「わざわざご苦労様。でもおもちさんなら、さっき出かけていったよ。ピラニア？　だかなんだかを探しに行くとか言ってたな。漁港にでもいるんじゃねえか」

「ピラニア……ティラピアか！」

おもちさんはどうも、今朝のティラピアをよほど気に入ったみたいだ。もう一度食べたくなったらしい。

「漁師の皆さんから聞いたんですが、漁港の魚が鳥や猫に盗まれちゃうそうですね」

「ああ、昔からあるんだよなあ。アオサギとか、人間の間近まで来て、魚を貰えんの待ってるもんな」

笹倉さんが椅子から僕を仰ぐ。

「知ってるか、小槇。アオサギって、古代エジプトでは神様扱いだったんだぞ」

「そうなんですか！」

古代エジプトといえば、動物や天体を元にした様々な神様がいるイメージだったが、アオサギもその仲間だったのか。笹倉さんは頷いた。

「似てる別の鳥だって説もあるけどな。ナイル川には魚が充実してるそうだから、でっかい鳥が悠々と暮らしてたんだろう」

僕は見たこともない古代エジプトの風景を思い描き、そこにアオサギを置いてみた。乾いた青空と砂の二色の世界に、豊かな川が流れ、そこにアオサギが佇む。神秘的な美しさは、当時の人々の心を掴んだのだろう。

「神様のモチーフになった鳥だと思うと、漁港で魚をパクってるアオサギたちも、なんとなく神々しく感じますね」

「きれいな鳥だしな。古代エジプトのアオサギは、古代エジプト人から大事にされて、奪わなくても魚を貢がれてたのかもしんねえな」

笹倉さんは軽快に笑った。

「さて、ティラピアっつったか？　おもちさん、珍しい味を覚えたら、もう猫用の鮭とばは食べないかもな。……と思ったけど、そんなこたあねえか。おもちさんなら、両方食べる」

「ははは、そうですね。それじゃ、ちょっと漁港見てきます」

笹倉さんに会釈して、僕は交番をあとにした。


それから数分後。僕がおもちさんを発見したのは、漁港ではなくて商店街の入口だった。漁港ではティラピアを貰えなかったおもちさんは、探しに行く方向を変えたようだ。

アーケードの上で、カラスがカアと鳴く。おもちさんはそれを見上げて、ぽてぽてと歩いて商店街へと入っていった。

お惣菜屋さんの前まで行くと、店番していた春川くんが、おもちさんに気づいた。

「おもちさんだ。どこ行くの？」

退屈そうにぼけっとしていた春川くんが、身を乗り出しておもちさんを覗き込む。おもちさんは立ち止まり、彼を見上げた。

「ちょっとお魚を探しに」

「魚を探しに？　漁港は反対方向だぞ」

春川くんが困惑するのも無理もない。おもちさんは機嫌良さげに尻尾を立てた。

「カラスさんが、神社で半分になったお魚を拾ったですにゃ。お魚のもう半分が、どこかに落ちてるやもしれないですにゃ」

「なるほど。でもそのなくなった半分は、カラスが食べちゃったんじゃねえの？」

「うんにゃ、カラスさんが見つけたときには、すでに半分だけになってたそうですにゃ」

おもちさんが、後ろ足で首を掻く。

「カラスさんが教えてくれたですにゃ。神社に落ちてたお魚は、トビさんが運んでたのを途中で落っことしたものですにゃ」

どうやら例のティラピアは、カラスが拾う前はトビが持っていたらしい。トビといえば海の上空をよく飛んでいるし、人から食べ物を奪うという話も聞く。ティラピアを持ち出したのは、トビだったのだろうか。

事情を知らない春川くんは、おもちさんの発言を半分も理解していなかっただろうが、へえと相槌《あいづち》を打った。

「トビといえばさ。港でたまに、でっかい鳥同士が、餌の取り合いしてるよな。今朝も、釣りに出かけた山村が、トビがカワウって鳥と喧嘩してるの見たらしいよ。で、争ってるうちに、通りかかった野良猫が魚を横取りしていったんだって」

一見平和なかつぶし町だが、動物たちの間では、餌を巡って熾烈《しれつ》な争いが繰り広げられている。

おもちさんは春川くんと別れると、再び、当てもなく歩き出した。僕もおもちさんの後ろをついていく。鮭とばを渡しに来たつもりだったが、面白いからしばらく様子を見ることにした。

商店街を歩いていると、「杉浦写真店」の前を通りかかった。僕はつい、ガラスの向こうのカメラ機器に目を奪われて、立ち止まる。

弘樹くんと出会ってから、写真の魅力を今まで以上に感じるようになった。自分の気に入った景色を切り取って残して、誰かに共有する。その景色はきっと、ひとりが知っているより何倍も素敵なものになる。

外からお店の中を見ていると、中から弘樹くんが出てきた。

「なにかお探しで……あ、おまわりさんだ」

彼は今日も、首からカメラを吊り下げている。僕は例のコンテストを思い出した。

「こんにちは、弘樹くん。あれから、良い写真は撮れた？」

「まだどれもピンとこないけど……あ、そうだ。風景撮ってたら、たまたま変なものが撮れてさ。これ見て」

弘樹くんはカメラを操作し、撮影した写真を液晶画面に映し出した。それを僕に見せて、写ったものを指差す。

「これ、なんだと思う？」

写真自体は、古い住宅が並んだ景色である。背景には冬の山が佇み、淡い色の空には鳥が群れをなして飛んでいる。

弘樹くんが指差すのは、その鳥の群れだった。

「鳩《はと》なんだけど、よく見るとなんか運んでない？」

言われてみれば、鳩の群れの真下に、ハンモック状のものが写っている。鳩たちは紐《ひも》のようなものでそれを吊るして、それを複数羽で持ち上げているように見える。

「なにか持ってるね。なんだろう」

ふと、以前おもちさんから聞いた不思議な話を思い出した。この世界には鳩の郵便屋さんがいて、誰かから預かった手紙を世界中へ配達しているらしい。差出人も宛先も、人間でなくても利用できる、そんな郵便屋さんである。

「……一羽では運べないときは、こうやって運んでるのかな」

「えっ。なに、これがなにか知ってるの？」

弘樹くんが目を剥く。知っていると言えば知っているが、知らない部分の方が多い。上手く説明できなくて、僕は笑って誤魔化した。

「そうだ、凪ちゃんには会えた？」

「もうその話はいいだろ。ほっといてよ」

僕のお節介に、弘樹くんは決まり悪そうにそっぽを向いた。難しい歳頃だ。僕はこれ以上は、口出しするのをやめた。これは本人たちの問題であって、僕がどう感じようと、下手に焚《た》き付けたりしない方がいい。

弘樹くんがまばたきをして、カメラを掲げた。

「凪、エクを散歩させてるんだよな」

「うん」

「ふうん……。天気良いし、漁港にアオサギでも撮りにいこうかな」

こじつけるように理由を口にして、彼は漁港に向かって歩き出した。外を歩いていたら、エクを連れた凪ちゃんに、ばったり会うかもしれない……そう考えたかどうかは、僕には分からない。

弘樹くんの後ろ姿を見送って、僕はハッとした。

「漁港……そうだった。おもちさん」

漁港と聞いて、ティラピアを思い出したのだ。忘れかけていたが、おもちさんを追いかけていたのだった。

しかし弘樹くんと立ち話をしているうちに、おもちさんはどこかへ行ってしまったみたいだ。

「見失っちゃった。まあ、鮭とばは笹倉さんに預けておけばいいか」

僕は来た道を引き返して、交番に鮭とばを預けに戻った。

その二日後、次の当直の日。

「小槇くんや。鮭とば、ごちそうさまですにゃ」

おもちさんが、律儀にお礼を言いに来た。事務椅子の足元に座るおもちさんに、僕は椅子ごと振り向いた。

「ああ、笹倉さんに貰ったんですね。くれたの北里さんですよ」

「ふむ、北里くんから小槇くんを経由して、笹倉くんを通して吾輩に届いたと。まるで先日のティラピアですにゃ」

「そうだ、ティラピア。カラスがおもちさんに持ってきて、そのカラスは神社で拾って、神社にあったのはトビが落としたから……でしたっけ」

おもちさんと春川くんが話していた内容を思い起こす。おもちさんは、ぽよんとジャンプして僕の膝に乗った。

「吾輩、もう一回ティラピアを食べたくて、ティラピアの通り道を辿《たど》ってみたですにゃ。カラスさん、トビさん、順番に、皆に話を聞いたですにゃ」

おもちさんは、人の言葉を話すだけでなく、どんなものとも会話できるらしい。当然、鳥に聞き込みだってできるのだ。

「トビさんも、カワウさんと喧嘩してるうちに野良猫さんに盗られて、それをもう一度取り返して、落としたですにゃ。その前の持ち主は、アオサギさん。漁港から持ち出して半分食べたのは、アオサギさんだったですにゃ」

「へえ、じゃあやっぱりおもちさんが食べてたティラピアは、漁港のティラピアだったんですね。別の個体じゃなくて」

　所有者を転々として分からなくなっていたが、ひとつひとつ辿っていって、判明した。だが、おもちさんは小首を傾げる。

「しかしその港のお魚も、人間が海から貰ってきたものですにゃ」

「たしかにそう言われてしまえば、元々の出処は漁港ではなくて、海の中ですね」

　人間も自然の一部。漁師のおじさんも、そう言っていた。

　おもちさんが尻尾をひと振りし、続ける。

「漁港のティラピアになる前……つまり、漁師さんが獲る前は、ティラピアは海のものだったですにゃ。でもそれよりもっともっと前、大本を辿れば、お魚は、ぱらぱらに乾いた砂の国にいたですにゃ」

「砂の国、ですか？」

　遠くの生息地から泳いできて、この辺に流れ着いたという話だろうか。おもちさんが、こくりと頷く。

「その国を流れる、大きな大きな、海みたいな川を泳いでいたですにゃ」

砂の国の、大きな川。

「それをそこの人間が捕まえて、神様に捧げる贈り物にしたですにゃ。その時代は、今よりもっと神様が身近だったですにゃ」

神様？　時代？　なんだか話の風向きが変わって、急に理解が追いつかなくなってきた。

混乱する僕をよそに、おもちさんはマイペースに話す。

「プレゼントされたのは、そこの川に住むアオサギさん。アオサギさんは神様の代理人。そこでアオサギさんは、貰ったお魚を神様に届けるために、郵便屋さんにお願いしたですにゃ」

『古代エジプトのアオサギは、古代エジプト人から大事にされて、奪わなくても魚を貢がれてたのかもしんねえな』——笹倉さんの、そんな言葉が脳裏をよぎる。

「鳩郵便は、当時からお仕事してたですにゃ。神様宛のお魚を託されて、照り照りの空を飛んでいたですにゃ」

世界中の誰かから誰かへの想いを運ぶ、鳩の郵便屋さん。神様への祈りまでも、彼らはその翼で運ぶのだろうか。

「神様を捜して飛んでた鳩さんたちは、途中で道に迷ってしまったですにゃ。空は目印がないゆえ、そういうこともあるですにゃ」

鳩の郵便屋さんは、飛んでいるうちにたまに、時空を超える。と、以前おもちさんから聞いた。

「そんで途中で、かつぶし町近海にお魚を落としたですにゃ。それを漁師さんが偶然捕まえた」

ふと、弘樹くんの写真が頭に浮かんだ。群れをなして飛ぶ、鳩たち。なにか荷物を吊り下げて、皆で協力して運んでいた。もしかして、あれは……。

おもちさんはくってりと、僕の膝でうつ伏せに寝そべった。僕の腕に顎を置いて、耳を寝かせる。

「いやはや。あのティラピアはたった一尾、たまたま運ばれてきただけだったですにゃ。かつぶし町の付近にティラピアの群れが新たに引っ越してきたわけではなく、あの一匹がたまたま……」

おもちさんの話は荒唐《こうとう》無稽《むけい》で、到底本当のこととは思えない。まさか大昔の魚が当時の人に捕まって、当時のアオサギに捧げられて、鳩に預けられ、時空を超えて、たまたまこの辺りの海に落ちて、それが現代の漁師に水揚げされて現代のアオサギに半分食べられて、トビに横取りされて野良猫に攫われてトビが取り返して神社に落としてカラスが拾っておもちさんに届いた、だなんて……。

ああ、でも。なにかを運んでいる鳩も激写されている。それに、ティラピアの写真を見せてくれた漁師のおじさんは、あれを〝ナイル〟ティラピアと呼んだ。ナイルと名前につくからには、きっとナイル川に生息する魚なのだろう。古代エジプトの人々や、そこで暮らすアオサギも、ティラピアを食べて暮らしていたのだろうか。

確実に裏が取れたとは言えないが、「もしかして」と、空白を想像で補ってしまう。所有者を転々として、出処が分からなくなったティラピア。もしもおもちさんの話が全て本当だとしたら、あの魚の真の出処は——。

「ティラピア、また食べたいですにゃあ。まあ、鮭とばもおいしかったからいいですにゃ」

おもちさんは僕の膝の上で、眠たそうに呟いた。

アンサーソング

「全く！　最近の若いもんは！」

長い冬が終わりかけて、春の足音が聞こえてくる頃。商店街に、豆腐屋のおじさんの怒号が響いていた。

「なにが悪いかそうでないか、教わってないのか？　それとも頭が悪くて分からないのか！」

「申し訳ございません。ちゃんと言って聞かせます」

青い顔で謝るのは、お惣菜屋のおかみさん——春川くんのお母さんである。

「ほら、あんたも謝りなさい！」

彼女に後頭部を押さえつけられ、無理やり頭を下げさせられているのは。

「……すみませんでした」

膨れっ面の春川くんである。

僕は警察官として、この事案に立ち会っていた。明るく人懐っこく、商店街でも可愛がられている春川くん。僕にも懐いてくれて、兄のように慕ってくれる彼が、こんなことになるなんて……。

事の始まりは、僕が非番だった日。五日前に遡《さかのぼ》る。

「小槇さん！　どーん！」

「わあっ」

交番業務を終えて署に帰ろうとした、お昼前。後ろから春川くんが駆け寄ってきて、その勢いのまま僕の背中を両手で突いた。驚く僕を、足元のおもちさんが白けた顔で見ている。

いつも元気な春川くんだが、その日は一段とハイテンションだった。

「聞いて聞いて聞いて。俺、メジャーデビューしちゃうかも」

「メジャーデビュー？　もしかして、バンド？」

「いかにも！　これ見て」

春川くんが突き出してきたのは、一枚の事務的な文書だった。文書の向こうで、春川くんがしたり顔をする。

「これ、オーディション番組の一次審査合格通知！　デモ音源を送って応募したら、なんとなんと一次通過したんだ！」

春川くんといえば、高校の軽音部のメンバーでバンド活動をしている。彼はギターボーカルで、作詞作曲も担当する、バンドの肝である。

そんな彼のバンドが、どうやら大躍進のチャンスらしい。

「一次通過したら、東京で二次審査。その中から選ばれた十組が、テレビ番組で公開オーディション！　合格したら晴れてメジャーデビュー！」

春川くんの目が闘志に燃える。おもちさんが無言でまばたきをする。春川くんは、僕らがなにか言う前から早口に付け足した。

「いや、分かってるよ、一次通過だけで浮かれるのはまだ早い。道は険しいのはここからだ。でもさ、二次審査に進むだけでも、業界の人の目に触れるんだよ。最終選考まで進めば、テレビにだって映るわけだし」

僕はしばらく、ぽかんとしていた。交番から歩いて五分のお惣菜屋さんの、春川くん。軽音部に部員が集まらなくて、廃部寸前だと嘆いていたり、ギターに夢中で宿題を放置し、お母さんに叱られていた、あの春川くんが。都会でメジャーデビュー！

「すごい！　すごいよ春川くん。有名人になっちゃうね！」

夢中で拍手すると、春川くんはにんまりとはにかみ笑いを浮かべた。

「まあ、当然っちゃ当然だけど？」

「本当にすごいよ、かつぶし町出身の芸能人の爆誕だよ」

「今のうちにサイン書いてあげよっか」

浮き立つ僕と、調子に乗る春川くんの間で、おもちさんだけが淡白な顔をしている。

「まだデビューしてないですにゃ」

春川くんは、おもちさんの呟きなど聞いていない。

「田嶋と山村が知ったら、絶対驚いて喜ぶぞ」

「ふたりにはまだ、一次通過の報告、してないんだね」

ギターボーカルの春川くんの他には、バンドメンバーはベースの田嶋くん、ドラムの山村くんがいる。春川くんがにまにましながら、合格通知を掲げる。

「これからする。正直まさか通ると思ってなかったから、ふたりには内緒で応募してたんだ。今日はふたりとも、そこの漁港で釣りしてるっていうから、直接会ってこの通知を見せることにした」

「応募したことも知らないなら、尚更びっくりするだろうね」

「高校卒業したら、今のバンドメンバーはそれぞれ進学とか就職でバラバラになるんだ。バンドもこのまま自然消滅すんのかなって不安だったけど、大丈夫そうだ。デビューしたらそれが本業だもん、これからも三人一緒！」

頬をほかほかと赤くして、それから春川くんは、ハッとした。

「あっ、三人じゃなくて四人か。おのりちゃんもいるからな」

おのりちゃんは春川くんの愛猫だ。春川くん曰く、一緒に曲作りをしているらしい。

「曲ができたら、誰より最初におのりちゃんに聴かせるって決めてるんだ。おのりちゃんは、俺のファン一号だから」

野良猫だったおのりちゃんは、春川くんの奏でる音に導かれてやってきた。春川くんのバンドが、学校でも全く注目されていなかった頃から、おのりちゃんだけは春川くんのギターに夢中だった。所謂、最古参である。

「デビューしたら、東京で暮らすことになるよな。おのりちゃんも連れていけるのかな。大ヒットして超多忙になって世話ができなかったらいけないし、母ちゃんに託すべきか？　だけど、デモ音源の曲もおのりちゃんと作ったのに……。けど、全国ツアー、いや世界進出でおのりちゃんを連れ回すのは、おのりちゃんのストレスになってしまう……」

先の暮らしを考えて、春川くんは難しい顔で唸っている。胸を張ったり照れたり悩んだりと、顔が忙しい子である。おもちさんが後ろ足で首を掻く。

「まだデビューしてないのに、悩むのが早いですにゃ」

僕は春川くんと共に考えた。

「おのりちゃんにはかつぶし町に残ってもらった方がいいかもしれないね。その分、いっぱい凱旋《がいせん》ライブして会いに来てよ」

「そうだな。よし、まずはここからだ。二次審査に向けて、ブラッシュアップするぞ！」

やる気に満ち溢れる春川くんを見ていると、僕も自分事のように嬉しかった。

僕がこの交番に赴任してきて、最初に仲良くなった住人が、春川くんだった。交番からお惣菜屋さんまで歩いて五分だから、春川くんは小さい頃から、交番に親しんでいたらしい。中の警察官が異動で入れ替われば、きちんと名前を覚える。

若手の僕は春川くんと比較的歳が近いからか、春川くんは僕に対し、友達のように接してくれる。僕にとっての春川くんは、近隣住民のひとり……であると同時に、心の中では、弟分のように思っている。

そんな彼の夢が叶ってこの町を巣立っていくのは、少し寂しいけれど、それよりもっと嬉しい。

会話に花を咲かせていると、漁港の方面から男の子がふたり、釣り竿を持ってやってきた。

「俊太！　ここにいたのか。合流するって言ったのに全然来ないから、迎えに来たぞ」

「なんか話があるって言ってたよな」

落ち着いた声の眼鏡の子と、背が高くがっしりした体格の子。彼らとは僕も面識がある。春川くんのバンドのメンバーで、それぞれ、眼鏡の方が田嶋くん、背が高い方が山村くんだ。

ふたりを見るなり、春川くんは合格通知を振り上げて、飛び跳ねながら駆け寄った。

「聞いて驚けー！　俺たちのバンドに、メジャーデビューのチャンスだ！」

「はあ？　なに言って……」

　怪訝な顔をする田嶋くんの前に、春川くんが合格通知を突きつける。田嶋くんは、眼鏡の奥の目をぱちくりさせた。

「なんだこれ？　え、これあのオーディション番組の……」

　山村くんも覗き込み、文書を読む。

「再来週、東京で二次審査？　なにこれ？」

　田嶋くんも山村くんも、驚いている。春川くんは僕に背中を向けていて顔が見えないが、にやにやしているのは想像ができた。

　メンバーふたりも、大喜び間違いなし……と、僕も思っていたのだが。

「なんで勝手に応募してんの？」

　そう言った田嶋くんの声は、僕が期待していた反応より、ずっと冷めていた。春川くんの後ろ姿が、ぴたっと強張った。

「え……」

「いきなりオーディションとか言われても困るよ。俺、高校卒業したらバンド続けるつもりないし」

「へ……？」

　春川くんが間抜けな声を出す。文書を眺めていた山村くんも、田嶋くん同様、ドライな返事をした。

「ごめん、俺もそこまでマジじゃなかった。いや、バンドは楽しかったけど、一生やっていこうとまでは考えてない」

喜んでくれるはずだったメンバーの想定外の反応に、春川くんは言葉をなくした。僕も絶句した。おもちさんは、ぱたんと、尻尾でアスファルトを叩くだけ。

田嶋くんが、つれない声色で言う。

「俺もバンドは楽しかったし、音楽には真剣だったつもりだけど。けど、やりたい仕事が決まってるんだ。バンドマンになるつもりはない」

気まずい沈黙が流れる。田嶋くんと春川くんの顔を窺い見て、山村くんが妙に明るい声を出した。

「作詞作曲も殆ど全部俊太に丸投げして、俺たちはそれに乗っからせてもらってるだけだったからなー。こういうイベントへの参加も、全部俊太が主導でやってくれたもんな。けど、いきなり東京って言われても困るから、相談くらいはしてほしかった」

「あ、そ、そうだよな。ごめん」

春川くんの硬直が解ける。田嶋くんも、遠慮がちに頭を下げた。

「ああいや、こっちこそごめん。言い方、きつかったな」

「ううん。俺の方こそ、ふたりの都合を聞かないで勝手に進めて、本当ごめん。喜んでもらえるに違いないって思い込んでて、確認しなかった」

ぎこちなく謝り合う春川くんと田嶋くんと、気を遣って作り笑いをする山村くん。しんと、二度目の沈黙が流れた。数秒後、田嶋くんが背を向けた。

「今日はもう釣りはいいや。帰る。じゃあな」

去ってしまう田嶋くんを、春川くんは無言で見ている。山村くんはふたりを交互に見比べて、肩を竦めた。

「あいつ、今日全然釣れなかったからって機嫌悪いな！　そんじゃ、俺も帰る。またな」

山村くんは硬い笑顔で田嶋くんをフォローして、立ち去ってしまった。

取り残された春川くんの後ろ姿が、呆然としている。一部始終を見てしまった僕は、なんて声をかけたらいいか分からず、おもちさんに目を落とした。おもちさんはただ、黙って座っているだけである。

やがて春川くんの手が、合格通知をくしゃっと握り潰した。彼の肩が、小刻みに震える。

「ははは……デビューしたいって思ってたの、俺だけだったんだ」

こちらを振り向いた春川くんは、悲しそうに笑っていた。

「熱量、違ったみたい。ひとりで盛り上がって、俺、だっせえ。あっ、これ『方向性の違いで解散』ってやつ？　すっげーバンドマンっぽいじゃん。あはは……」

「あの、春川くん」

「小槙さん、喜んでくれたのに、ごめんな！　期待させちゃったのに、辞退しなきゃいけなくなった」

春川くんは無理して笑って、合格通知を握りしめて、走って帰ってしまった。僕はとうとう、なにも言ってあげられなかった。

おもちさんがぽてっと、腹ばいになる。眠そうに欠伸をするおもちさんも、なにも言わなかった。


そんなことがあった二日後。僕はまだ、春川くんの下手くそな笑顔を思い出しては、胸がチクチクしていた。

折角一次通過しても、同じ曲を演奏できるメンバーがいなくては、オーディションは受けられない。貴重な機会だったのだろうが、春川くんは番組側に、辞退の連絡をしなくてはならない。あんなに嬉しそうだったのに、これから始まる二次審査に向けて、あんなに意気込んでいたのにだ。掴みかけたチャンスを自ら手放す彼の心境を思うと、胃が痛くなる。

おもちさんを自転車に乗せてパトロールに出かけた僕は、お惣菜屋さんのカウンターに春川くんの姿を見つけた。田嶋くんと山村くんもいる。客として来たふたりに、春川くんがコロッケを売っていた。

先日のすったもんだを目の当たりにしていた僕は、思わずタイヤを止めた。カゴの中のおもちさんも、お惣菜屋さんの方向に耳を向ける。

またひと悶着《もんちゃく》かと緊張したのだが、僕に気づいた山村くんは、あっけらかんとした笑顔で手を振ってきた。

「おっ、小槇さんだ！　なあなあ、俊太の話、聞いた？」

「どうしたの？」

僕は自転車を降りて引き、お惣菜屋さんの店先へと歩み寄った。カウンター越しの春川くんは、ちょっと戸惑い、目を伏せる。

「例の、オーディションの件。番組の窓口に辞退の電話をかけたんだけど……」

途中で言葉を切る春川くんの代わりに、山村くんが溌剌《はつらつ》とした声で続けた。

「番組のプロデューサーから、『作詞作曲もボーカルも君がやってるんだから、君ひとりでもオーディションに来てほしい』って！」

先日は辛辣だった田嶋くんも、今は頬を綻《ほころ》ばせていた。

「バンドじゃなくて個人でも、音楽の素質がある原石を見つけたいんだそうで。そういう人を集めて、新しいユニットを作る計画もあるらしいです」

「わあ！　本当!?」

僕は今日いちばんの歓声を上げた。

「それじゃ、まだメジャーデビューのチャンスがあるんだ！」

「それどころか、こんなこと言われるって、相当期待されてるんじゃないか!?　さっすが、うちのリーダー！」

山村くんが鼻高々である。田嶋くんも、声を弾ませた。

「自分がメジャーデビューっていうのは考えてなかったけど、俊太の足を引っ張るのは不本意だった。だからこうして声がかかって……俊太の夢を奪わなくて済んで、ほっとした」

「俺も。正直、俺たちのせいで俊太がオーディション諦めないといけないの、後から考えたらすごく申し訳なくなったよ。でもこれなら全部解決！　本当に良かった！」

盛り上がる田嶋くんと山村くんを、春川くんは照れ笑いのようなどこか困ったような顔で眺めている。

僕は春川くんと向き合った。

「良かったね。二次審査は再来週だっけ？」

「うん。けど、バンドじゃなくて個人になったから、別で事前に合同打ち合わせがあるらしくて。今週末、主催の事務所に行くことになった。そのままオーディションの日まで、向こうの親戚のところに泊まる」

春川くんがそわそわと答える。春川くんが大きな一歩を歩み出すまで、もうすぐだ。

山村くんがぽんと手を叩いた。

「俊太、おもちさん触っておいたら？　オーディション合格祈願！」

彼はそう言うと、カゴの中で座っているおもちさんを、抱き上げて連れてきた。腋の下を持たれて胴体をだらりと伸ばし、おもちさんはされるがままになっている。

春川くんは一瞬身動《みじろ》ぎをして、慎重に手を差し出した。いつになく緊張した春川くんの手に頭を撫でられ、おもちさんは耳を寝かせ、目を閉じた。

「願い、叶うと良いですにゃあ」

「……うん」

春川くんが、微かに喉を鳴らすだけの返事をする。

バンドメンバーたちで賑やかな店先に、店のおかみさん、春川くんのお母さんが出てきた。

「まーたオーディションの話してるの？」

「そりゃするだろ！　俊太が有名人になったら、『高校時代に一緒にバンド組んでた』って、周りにめっちゃ自慢する！」

山村くんが興奮気味に返す。おかみさんは、満更でもなさそうに相好を崩した。

「そうね。仮にこのオーディションで結果が出なくても、アパートでも借りて、気が済むまで色んなオーディションに当たって砕けて来たらいいんじゃない？　都会に行けば、そういう機会はいくらでもあるでしょ」

「えっ、マジで？　『だめなら諦めろ』とか言わないのか？」

春川くんが目を剥く。おかみさんは、堂々と頷いた。

「言ったところで、あんた諦めきれないでしょ。満足行くまでやらせてあげる。嫌になったらいつでも、ここに帰ってくればいいじゃない。これはあんたの人生なんだから、好きに生きな」

この人がこういう人だから、春川くんはのびのびとした明るい子に育ったのだろうな、と僕は思った。おかみさんはきゅっと、眉間に皺を寄せた。

「ほらほらあんたたち、店の前に固まらない！　お客さんが入りにくくなるでしょ。小槙くんは仕事しなさい！」

おかみさんに追い払われ、山村くんはおもちさんを僕に押し付けた。

「そんじゃ俊太、東京行く日は見送りに行くからな」

「出発時間がはっきりしたら、連絡頂戴」

田嶋くんも山村くんと共に、店を後にした。僕の腕にパスされたおもちさんは、大きな目で彼らを眺めている。

田嶋くんと山村くんを見送って、おかみさんはくすっと笑った。

「全く。良い友達持ったね、あんた」

優しく微笑む彼女を、春川くんが窺い見る。

「母ちゃん、俺がオーディション受けるの、反対しないでくれてありがと。なんかもっと、『現実見なさい』とか言われるかと思った」

「なに言ってんの。まあ、あんたみたいな体力しか取り柄のないアホを解き放つのは、不安で仕方ないけどね」

おかみさんは、春川くんの背中をバシンと叩いた。

「なんだかよく知らないけど、夢の舞台なんでしょ？　それなら、母ちゃんはあんたを応援するよ」

息子の旅立ちは、本当はきっと寂しいだろうし、心配も尽きないだろう。それでもこの人は、春川くんを送り出す。彼なら厳しい世界でも勝ち抜いていけると、信頼しているからこそだ。

メンバーにもお母さんからも激励されているのに、春川くんは下を向いていた。一次通過の通知を僕に見せてきたときに比べて、随分と大人しい。

なんとなく浮かない顔に見えて、僕は彼に小声で尋ねた。

「もしかして、ひとりだと不安？」

「まさか！　他にやりたいことがあるあいつらを巻き込まず、尚且つ俺の希望も通って、願ったり叶ったりだよ」

春川くんはぱっと顔を上げた。複雑そうな顔に見えた気がしたが、杞憂《きゆう》だったようだ。

「そっか。ちょっと物静かになってたから、心配しちゃったよ」

「ははは。まあ、田嶋と山村のことは、正直もやっとしてるよ。俺だけオーディションに行くとなっても、悔しくねえのかよって」

春川くんは、カウンターに肘をついて、不機嫌顔で言った。

「だって俺だけ呼ばれたってことは、ふたりはいらないって判断されたようなもんだろ。俺だったら、嫌だ。俺とあいつらの立場が逆だったら、そんな扱いされたらムカつく。全員揃って初めて、俺たちのバンドだろうが！　って思っちゃうよ」

たしかに田嶋くんと山村くんは、オーディション主催者のプロデューサーにあっさり切り捨てられている。彼らである必要はなく、これからオーディションに寄せ集められる別の人でも、替えが利くとみなされているような印象だ。春川くんは、それを受け入れてしまうふたりに納得していないのである。

「楽しいことと一緒くらい、面倒なことも、喧嘩することもあった。嫌になるけど、やっぱり楽しいこともいっぱいあるから、やめたくなったりやりたくなったりを繰り返して、結局やめられないいんだ。好きだから、楽しいから、やるしかない」

声色は明るいが、どこか寂しそうに聞こえる。

「俺はそう思ってたのにさ、あいつら、すんなりバンドやめる気でいる。やめられないほど熱いのは、俺だけなのかよ！　とは思うね」

「うん……でもあの子たちも、本当は悔しくても春川くんを笑顔で送り出したいから、顔に出さないようにしてるのかも。いっぱい考えた結果バンドを続けるのを諦めて、これからは春川くんを応援する方に専念しようって、切り替えてくれたんじゃないかな」

僕がフォローすると、春川くんは「どうかな」と笑った。

「そんなわけで、チャンスに燃えてると同時にムカついてて、でもあいつらに応援されてるのは素直に嬉しくて、変な気持ちなんだよ。曲の練習してると、集中できてないのか、おのりちゃんに首を傾げられる」

そういえば春川くん宅のおのりちゃんは、音楽の分かる猫なのだった。

「でも、この絶好のチャンスを逃す手はないからな。おのりちゃんをニャンッと言わせる完璧な演奏で、この機会をものにしてみせる」

春川くんが自信を漲《みなぎ》らせる。そんな彼に、おかみさんはメモ用紙を突き出した。

「やる気があってよろしい。それはさておき、買い出しお願い。これ、リストね」

「わっ、母ちゃんが未来の有名アーティストをパシリにしてる」

春川くんが顔を歪めるも、おかみさんは買い物リストのメモをひらひらさせるだけである。

「今はアーティストでもなんでもなく、単なるドラ息子。ほら、早く行ってきなさい。小槙くんも、いつまでサボってんのさ」

ついでに叱られた僕は、おもちさんを自転車のカゴに乗せ、会釈して退散した。

商店街を、自転車で巡回する。今日もいつもと変わらない、平和なかつぶし町の風景が広がっている。

「春川くん、雲の上の人になっちゃうんですかね」

僕はおもちさんの後頭部に話しかけた。

「もしデビューが決まったら、商店街の人たち、皆でお祭り騒ぎになりそうですね」

「けれど春川くんがいなくなっても、この町は普段どおりの日常が流れ続けるですにゃ。彼がいつでも帰ってこられる、いつものかつぶし町ですにゃ」

おもちさんのヒゲが、自転車が切る風でふよふよ揺れている。僕は先程の、どことなく大人しい春川くんを思い浮かべた。

「春川くん、嬉しそうなんだけど、嬉しそうなだけじゃないように見えました」

おもちさんを撫でたときの、なにかに怯えるような、不安を堪えているような、言いようのない表情が、頭に強く残っている。

「複雑なんだろうなあ……。これまで春川くんが音楽をやってきたのは、友達と三人ありきだったんだもん。それが急にひとりぼっちで、知らない土地に行くとなったら、期待が大きい分、怖いこともあるんだろうな」

自分が警察学校に入る前の、初めて実家を出る数日前の気持ちを思い出す。望んで向かうつもりでも、後ろを振り向かずにはいられない、あの気持ち。素直に喜んで送り出す田嶋くんと山村くんが、却って春川くんの胸に引っかかる。

「それにこの前も、『おのりちゃんを置いていかなきゃならない』って悩んでた」

「そうですにゃあ。おのりちゃんは、大切な作詞作曲サポートメンバーですにゃ」

おもちさんがカゴの縁に顎を乗せた。

「おのりちゃんは、春川くんと一緒に歌を作ってるですにゃ」

「それ、聞いたことあります。曲をおのりちゃんに聴いてもらうと、改善点があるときは無言で首を傾げて、仕上がりが良いときはニャンッて鳴くそうですね」

いつだったか、春川くんが話していた。先程も、曲の練習をしていると、おのりちゃんに首を傾げられてしまうと零《こぼ》していた。おもちさんはヒゲを靡《なび》かせて言う。

「春川くんはそう思ってるけど、実は違うのですにゃ。おのりちゃんは、曲の良し悪しを判断できるわけじゃないですにゃ」

ばっさり否定され、僕は苦笑した。猫が音楽を理解できるかどうかはたしかに内心半信半疑だったが、おもちさんが容赦なく言い切るとは。

かと思いきや、おもちさんはまばたきののちに続けた。

「おのりちゃんは、春川くんが納得できていないときに首を傾げるですにゃ。納得できたときに、ニャンッと言ってるですにゃ」

おもちさんが少しだけ首を捻り、金色の瞳をこちらに向ける。

「この違いが分かるですにゃ？」

僕ははあ、と間の抜けた返事をした。

良い曲かどうか、ではなく、春川くんが納得しているか否か。「君はそれで、納得している の？」と、おのりちゃんは首を傾げる。おのりちゃんの判定基準は、曲ではなく、春川くんにあるというのだ。

「どちらにせよ不思議だな……いや、音楽の良し悪しが分かる方がまだ理解できる。おのりちゃんは、春川くんの心の中を見透かしてるってことですか？」

「見透かさなくても分かるのですにゃ。いちばん傍にいるのだから」

そう言われたらそうかもしれないなと、思えてしまった。

「だとして、どうしてそれを、おもちさんが知ってるんですか？」

「吾輩は、そういう猫だから」

「出た、『そういう猫』」

おもちさんはくるんと、進行方向に向き直った。


お惣菜屋さんの息子が、アーティストデビューするらしい。

狭いコミュニティかつ住民同士の仲が良いかつぶし町商店街では、噂はあっという間に広まる。春川くんが東京へ旅立つ日と、出発時間は夕方であるという情報も、自然と僕の耳に入ってきた。

春川くんが旅立つ当日。「お惣菜のはるかわ」は、昼過ぎには店じまいしていた。シャッターが下りて、「本日休業」の貼り紙がくっつけられている。

外で仕事をして交番に戻ると、交番から近いバス停に、春川くん、それと田嶋くんと山村くんが並んでバスを待っていた。春川くんが、僕に声を投げてくる。

「小槙さんだ。今日はおもちさんと一緒じゃないんだな」

「お昼前に散歩に出て、それから見てないな」

これがありふれた飼い猫だったら事件だが、おもちさんは他の猫とは違うので、勝手に出歩いてもあまり問題ない。

三人はそれぞれ、お菓子やジュースがパンパンに詰まった袋を持って、背中には楽器ケース、山村くんはドラムスティックが飛び出した鞄を背負っている。

「大荷物だね。今からパーティ？」

僕の質問には、田嶋くんが答えた。

「はい。今からスタジオで壮行会」

「スタジオでやるの？」

きょとんとする僕に、山村くんがはにかみ笑いで頷いた。

「三人で演奏したいんだ。俊太が上京して、田嶋と俺もそれぞれの進路に進んだら、バラバラになるからな。三人で音を合わせられるの、多分、これが最後なんだよ」

そうか。三人とも、進む道が違う。今更ながら、実感させられた。

春川くんはまだ一次通過だけれど、彼なら本当にデビューするかもしれない。もし今回は通らなくても、次の機会を待って向こうで暮らすことも考えているようだ。そうなったら、この三人が揃って楽器を持ち寄る機会は、そうなくなるだろう。

田嶋くんと山村くんは、バンドメンバーとして、真剣に音楽と向き合う春川くんを間近で見てきた。春川くんの門出を心から祝しているのだと、伝わってくる。

春川くんは、楽器ケースのベルトを引いて、ギターを背負い直した。

「夕方には、荷物を取りに一回こっちに戻ってくるよ。ったく、駅が遠いからバスと電車の乗り継ぎを三回もしなくちゃならない」

普段の元気は控えめな、落ち着いた声だった。

「だから数時間後にまた、こうしてこのバス停にいるから、小槙さんも見送りにきてね」

「うん、もちろん。それじゃあ、またあとでね」

三人に手を振って、僕は交番の戸を開けた。

中を見回す。おもちさんはまだ、戻っていないようだ。僕は事務椅子に腰掛けて、仕事の書類を書き始めた。ガラスの引き戸の向こうを、バスが通った。

春川くんの旅立ちは、もちろん嬉しい。彼がオーディションで全力を出せるように応援して送り出したい。

でも、なんでだろう。なにかが引っかかる。先日お惣菜屋さんの店先で会ったときの、春川くんのどこか曇ったような顔が、ちょこちょこと脳裏をよぎるのだ。

「春川くんの夢が叶うなら、それがいいに決まってる。……はずなのに」

なぜか僕も、釈然《しゃくぜん》としない気持ちを引きずっている。

あの表情が気にかかる。オーディションへの緊張か、これまでの生活が一変する、新しい世界への不安……それだけではないような気がしてならない。彼の心は、本当はまだ納得していないのではないか。

だけれど、行くと決めた彼を僕が止めるわけにもいかない。僕には、春川くんの決断を見守るしかできない。

顔を俯けると、デスクの上の書類が目に入った。思うことはあるが、今は仕事だ。僕はひと呼吸置いて、書類にペン先をつけた。

夕方、子供たちの下校に合わせたパトロールの時間。おもちさんが出かけていていないので、今回は僕ひとりでのパトロールである。

普段どおりの平和な町を一周して、商店街をとんぼ返りする。今日は春川くんのお見送りがある。春川くんは交番の傍のバス停に来るというから、それまでには交番に戻ろうと思う。真っ直ぐ進んで、交番まであと五分。「お惣菜のはるかわ」のシャッターが、風でミシミシと軋んでいる。

そこへ、店の裏からおかみさんが出てきた。なにやら緊迫の面持ちで、周囲を見回している。気《き》っ風《ぷ》のいい姉御肌《あねごはだ》な彼女には、珍しい表情だ。

おかみさんが、僕に気づいた。

「小槙くん、おのりちゃん見なかった?」

「おのりちゃんですか?　見てませんが……いないんですか?」

僕の声は、途中からトーンが落ちた。おかみさんが青い顔でそわそわする。

「今朝はたしかに家の中にいたの。でも、気がついたらどこにも……」

そして口元を手で覆い、彼女は声を掠れさせた。

「俊太の見送り、おのりちゃんも連れて行くのに……この大事な日に、どうして」

僕は二の句を継げなかった。

おのりちゃんが、脱走してしまった。おのりちゃんは、おもちさんとは違って普通の黒猫だ。元野良猫といえど、外に飛び出さないように、家の中で大切にされている。迷子や事故の可能性を考えると、心配でたまらない。

よりによって今日は、春川くんの旅立ちの日だ。おのりちゃんがいなくなってしまっては、春川くんは気が気でない。オーディションどころではなくなってしまう。

おかみさんが焦りを滲ませる。

「俊太や友達の子たちも捜してくれてるけど、もうそろそろ、駅行きのバスが来る時間なの」

「おのりちゃんは僕が捜すので、春川くんはバス停に向かってもらって、皆さんも見送りに行ってください」

僕はそう言い残して、店の前から駆け出した。

おのりちゃんがいそうな場所を頭の中で巡らせて、町の中を捜してみる。交通安全教室をおこなったときに確認した危険箇所も、くまなくチェックした。

きょろきょろと捜し回るうちに、僕は住宅街を歩く二匹の猫を見つけた。片方は焼いたお餅のような、白と茶のまん丸な猫。もう一方は、艶やかな真っ黒の毛のスレンダーな猫である。並ぶ姿は、まるで餅と海苔だ。

「おのりちゃん！　おもちさんもいる」

見つけた。二匹は共に、角を曲がって狭い路地へ潜っていく。僕はおのりちゃんを捕まえようと、自分も同じ道に入ろうとした。

そのときだった。角の向こうから、地元高校の制服姿の女の子が飛び出してきた。

「わあっ！」

ぶつかりそうになった僕は、咄嗟に体を引っ込めた。僕の真ん前を、女の子が駆け抜けていく。

長い黒髪が、春風を孕《はら》んで舞う。一瞬見えたビー玉のような瞳は、澄んだエメラルドグリーンだった。

あの瞳には、見覚えがある。

制服の女の子は、脇目もふらずに走っていく。プリーツスカートの後ろ姿は、みるみる小さくなった。

呆然とする僕の足元に、ぽてぽてと、おもちさんがやってきた。

「『これで最後にするから、もう一回だけ』……と、頼まれたですにゃ」

まったりのんびりした声でそれだけ言うと、おもちさんは女の子の向かった方へ、歩き出した。しばらく毒気を抜かれていた僕も、我に返って、女の子のあとを追った。

黒髪の女の子の髪が、日の光で煌《きら》めいている。勢いよく駆ける脚が、スカートの裾をひらひらと跳ね上げる。

住宅街から商店街へ入り、買い物客の合間を縫うようにすり抜けていく。その俊敏な動きは、さながら猫である。彼女はか弱そうな女の子なのに、訓練を積んだ警察官の僕が走って追いつけない。

町中華の前を通り抜け、和菓子屋さんの前を突っ切って、彼女は加速度を上げていく。商店街を突き進んで、そしてお惣菜屋さんの前をも通り過ぎた。

交番から港に続く道に、ぽつんとバスの停留所がある。そこに向かって歩く、三人の男の子の背中が見えた。

スタジオで壮行会をして、そのままの格好なのだろう。ベースのケースとドラムスティックが見える。

「大丈夫だよ、おのりちゃん見つかるよ。小槇さんが捜してくれてる」

「見つかったらメールするから！　な、今は切り替えろよ」

真ん中のいちばん小柄な少年の背中には、ギターケース。片手には大きめのキャリーケースを引いている。

「……うん」

彼の姿を見るなり、女の子の足は一層加速した。

長い髪を振り乱して、つんのめりそうなほど前のめりになって、目いっぱいに両腕を伸ばして。そして、春川くんの背中に、ギターケースごと思いっきり飛びつく。

「わっ！」

春川くんが声を上げる。後ろから抱きしめてくる女の子を振り向いて、彼は目を瞠《みは》った。

「リオ……!?」

名前を呼ばれ女の子——リオちゃんは、ぎゅっと、春川くんの腕にしがみついた。

田嶋くんと山村くんも、足を止めて目を丸くしていた。驚いて絶句していた春川くんだったが、やがて、震えた声を出した。

「リオ。会いに来てくれたのか」

春川くんの手が、リオちゃんの頬に触れる。エメラルドの瞳が、真っ直ぐ、春川くんを見つめている。

港の方面からバスが顔を出した。彼らの数メートル先のバス停に向かって、大きな車体でのそのそと向かってくる。

春川くんはそれを振り向き、もう一度リオちゃんの顔を見て、溢れる感情を押し殺すかのように下を向いた。数秒後、絞り出すような声を出す。

「ありがとう。俺、遠くでも頑張るから」

リオちゃんは春川くんの腕を抱いて、離さない。春川くんは、はは、と力なく笑った。

「もうバスが来てる。これを乗り過ごすと、新幹線に間に合わなくなるから……手を離して」

春川くんが腕を引こうとすると、リオちゃんはより強く腕にしがみつく。春川くんは少し、声を大きくした。

「なんだよ、行くなって言うのかよ。俺はこれから成功するんだ。行くって決めたんだよ。皆、応援してくれてる。邪魔するの、リオだけだぞ」

それでもリオちゃんは、なにも言わない。口を開かない代わりに、小さく首を傾げた。

『おのりちゃんは、春川くんが納得できていないときに首を傾げるですにゃ』

ふいに僕は、おもちさんのその言葉を思い出した。

春川くんはハッと、息を呑んだ。リオちゃんは真っ直ぐに春川くんの瞳を覗き、まだ、首を傾げている。

やがて春川くんは、くしゃっと、顔を歪めた。今にも泣きそうな顔をして、リオちゃんの手に触れる。

「なんで……なんで、分かるんだよ」

声は震えて、ところどころ詰まっている。

「なんで、俺自身も分かんない気持ちを……なんで俺以上に、知ってるんだ」

見透かさなくても分かるのだ。いちばん傍にいるのだから。

「分かった、分かったよ。認めるよ。本当はずっともやもやしてたこと、認めるから」

春川くんはバンドのボーカルらしからぬ情けない声で言って、田嶋くんと山村くんの顔を見た。

「田嶋、山村。俺、やっぱりひとりでは行きたくない。お前らとじゃなきゃ、嫌だ」

「は!?　だから、それは……」

「今更なにを言ってるんだ」

ふたりが同時に叫ぶも、春川くんも負けない大声で返した。

「俺だって、なんで今更って思ってる！　でも今気づいたんだから仕方ないだろ。オーディション行きたいはずなのに、なぜか気乗りしなくて、自分でもなんでか分かんなくて。リオに止められて、今ようやく分かったんだ！」

春川くんを見つめる、リオちゃんの目が煌めく。春川くんの大声が、響く。

「面倒なことも、喧嘩することもあったし、嫌になったりもした。それでも音楽をやめらんなかったのは、楽しかったからだ。単純に音楽が好きっていうのもあるけど、それだけじゃない。こんなに楽しかったのは、やめられないほど好きだったのは、お前らと一緒だったからなんだよ！」

驚いて黙る田嶋くんと山村くんに、春川くんは、呼吸を整えて改めて言った。

「メジャーデビューはたしかに憧れてる。大勢の前で歌いたい。でも、それ以上に、田嶋がいて山村がいて、おのりちゃんがいないと嫌なんだよ。お前らがいないなら、メジャーデビューなんかどうでもいい！」

数メートル向こうで、バスが停留所に停まっている。

「これから三人、進路バラバラになる。今までみたいには集まれなくなる。でもさ、たまに楽器持ち寄って、音を合わせようよ。俺、ふたりが楽器持ってくれて、俺に付き合ってくれる限りは、この町で歌い続けたい。……それじゃ、だめか？」

最後の方だけ、春川くんの声は弱々しく萎んでいた。田嶋くんと山村くんは、ぽかんとした顔を互いに見合わせた。田嶋くんがぽつりと言う。

「俊太がオーディション蹴るのは勿体ないけど……本人がいいならいいのか？」

「社会人の趣味の音楽サークルとか、そういう緩い感じなら、俺はアリかな」

山村くんは、にこっと口角を上げた。

「俺だって本当は、折角磨いたリズム感を封印するのは癪《しゃく》だった。大人になって忙しくなったら活動できなくなるかなって、諦めてたけど」

「俺も、やりたくないから辞めたいわけじゃなかった。続けられるもんなら続けたいって思ってた」

田嶋くんも、山村くんの発言に同意する。途端に、春川くんの表情がぱっと明るくなった。

「続けてくれるのか？」

「頻繁には集まれないけどな」

田嶋くんが念を押す。春川くんは口を半開きにして、目を輝かせた。

彼の手を握り、リオちゃんが花笑んだ。きらきらのエメラルドの瞳を、春川くんから逸らさない。

停車していたバスが走り出す。春川くんたちの前を通り過ぎて、バスは次の停留所へと向かった。春川くんが、はたと辺りを見回す。

「あれ？　リオ？」

バスが去ると、いつの間にか、リオちゃんの姿が消えていた。代わりに、春川くんの足元、キャリーケースの隣に、つやつやの黒猫が座っている。

「あ！　おのりちゃん！」

春川くんが声を張り上げると、おのりちゃんは彼を見上げて短く鳴いた。

「ニャンッ」

『おのりちゃんは、春川くんが納得できていないときに首を傾げるですにゃ』

おもちさんの、この言葉の続きが、頭の中に蘇る。

『納得できたときに、ニャンッと言ってるですにゃ』

春川くんの足に尻尾を巻きつけるおのりちゃんは、どこか満足げな表情をしていた。

「田嶋、山村。今、最っ高に昂ってる。今のこの気持ちを、全身でぶつけて歌いたい！」

春川くんが、キャリーケースのハンドルから手を離した。

「ゲリラライブだ！　荷物の中にアンプ入ってるし、すぐ始められる。ふたりとも、楽器を持て！」

「えっ!?　これから!?　山村のドラムセットどうすんの!?」

田嶋くんが驚いているが、山村くんはあっさり乗った。

「俊太の部屋にタンバリンあっただろ。それでいいよ」

「持ってくる！　田嶋の分のアンプも。うちギターアンプしかないけど、ベースでも音出るし。おのりちゃんは、俺の部屋から聴いててな」

春川くんはそう言っておのりちゃんを抱き上げると、自宅に向かって駆け出した。田嶋くんが呆れながらも楽しそうに苦笑する。

「タンバリンだしベースにギターアンプだし、グダグダかよ」

そんな田嶋くんの肩を、山村くんが叩く。

「良いじゃん、めちゃくちゃな方が楽しいだろ」

目が眩《くら》むほどの青春が、輝いている。彼らの眩《まぶ》しい笑顔が胸に染みて、僕は息を呑んでいた。しかし、よく考えたら感動している場合ではなかった。

「ゲリラライブ？　路上で？　無許可で？」

警察官としては、見過ごせない。春川くんは聞いておらず、あっという間にいなくなってしまった。田嶋くんと、キャリーケースを引いていく山村くんも、僕の横を駆け抜けて春川くんに続く。

「待って、それはだめだよ！」

慌てて追いかけたが、間に合わなかった。シャッターの下りたお惣菜屋さんの前にアンプが置かれ、春川くんのギターとシールドで繋がれる。ピックがギターの弦を弾く。ギャーンと轟く音色で、空気が痺《しび》れる。

「行くぜぇえ！」

春川くんの熱い絶叫が、夕方の商店街に響いた。三つの音が重なる。お惣菜屋さんの上の階、春川くんの部屋の窓からは、おのりちゃんが覗いている。

いつの間にか、おもちさんも観客のように座っていた。

『願い、叶うと良いですにゃあ』

おもちさんは、あのときにはすでに、春川くんの本当の願いが分かっていたのだろうか。なにかのイベントかと、町の人が集まってきた。止めに入らなくてはならないのに、人だかりができてしまって割り込めない。僕が目を白黒させているうちに、怒号が飛んできた。

「こらあー！　うるさいぞ！」

豆腐屋のおじさんが、剃り上げた頭に血管を浮かせて怒鳴り込んできた。

「誰の許可を取ってやってる！　この悪ガキども！」

「すみません、警察です。今やめさせます」

僕が彼を宥めているうちに、お惣菜屋さんのおかみさんも駆けつけてきて、春川くんの頭を引っ叩いた。

「なにやってんのあんたは！」

「だ、だってぇ……」

情けなく嘆く春川くんは、田嶋くん山村くんとまとめて、豆腐屋のおじさんにこっ酷く叱られた。

「全く！　最近の若いもんは！　なにが悪いかそうでないか、教わってないのか？　それとも頭が悪くて分からないのか！　ライブは結構だが、これからは許可を取って、事前に告知してからやりなさい！」

「……すみませんでした」

あれだけ威勢がよかったバンドマンたちは、一気にしょんぼりした。僕は彼らと豆腐屋のおじさんとを仲裁し、「これからは許可を取ります」という誓約書を書くという形で丸く収めた。

春川くんが誓約書に署名する。「春川俊太」という癖字を見て、僕は春川くんの「今のうちにサイン書いてあげよっか」発言を思い出した。初めて見た春川くんのサインが、この署名になってしまった。

しゅんと頭を下げる三人を、おのりちゃんが部屋の窓辺から見下ろしている。彼女はエメラルドの瞳を、うっとりと細めていた。

夕暮れ神社と招き猫

頬に突き刺さるような風の冷たさは日に日に和らいで、陽気が心地よい季節になってきた。花壇を彩っている花々も、冬のものから春の花へと移り変わってきている。

夕方の商店街を、おもちさんと一緒に自転車でパトロールする。

「春川くん、あれからずっと引きずってますね」

「自分から断りの電話をしたというのに……バンドマンとは、難儀《なんぎ》なものですにゃ」

春川くんはあのあと、改めてプロデューサーに辞退の連絡をした。やはりこれまで一緒だったバンドメンバーと一緒でないと、オーディションを受ける意味がない……と、はっきりと伝えたのだ。

プロデューサーは残念そうではあったが、無理に引き止めはしなかった。最初に春川くんから連絡が来たときから、「そんな気がしていた」のだそうだ。

逆に未練たらたらなのは春川くんの方だった。

「『惜しいことしたな。オーディションだけでも受ければ良かったかな……』って、今日聞いただけでも三回言いましたね」

「潔くいかないそういうところ、春川くんらしいですにゃあ」

「悔やみつつも、『この町から通える大学に進むから、どっちにしろ上京は無理』とも言ってました。あれでも、自分の中では答えが出てるんでしょうね」

春川くんを話題にしながら、パトロールを続けている。と、道の端っこに、少女と大きな犬が座り込んでいるのを見つけた。僕は、足を止めた。

「凪ちゃん？」

「エクレアさんですにゃ」

「あ、おまわりさん、おもちさん」

僕とおもちさんの呼び声に反応して、少女、凪ちゃんと、エクが同時に振り向いた。僕は自転車を降りて、引いて歩いた。

「エクが疲れちゃった？」

「うん。なんか最近特に多くなったよ。散歩コース、だんだん短くしてるんだけどね」

凪ちゃんとエクは、同じ十三歳である。同い年だが、人間と犬では時間の流れ方が違う。凪ちゃんは少女だけれど、エクは人間でいうと七十歳くらいに置き換えられる。若い頃は体力があった元警察犬でも、体のあちこちが衰えてくれば、毎日の散歩すらも休み休みになってしまう。

エクのつぶらな瞳を眺めて、凪ちゃんはため息をついた。

「コース自体は短くても、すぐ止まるから時間かかって仕方ない。でもエクは散歩が好きで、リード咥えてきて、催促《さいそく》するの」

凪ちゃんのことだから、エクの体に無理をさせたくないというのが本音だろう。のそりと、エクが腰を上げた。凪ちゃんも合わせて立ち上がる。ゆっくりとだが、一歩ずつ歩きはじめる。

僕も、パトロールを再開した。赤い空を、鳥が飛んでいる。首を畳んだあの大きな影は、アオサギだろうか。海の方からやってきて、夕日に向かって羽ばたいていく。

町中華「喵喵軒」の前を通りかかると、日生さんと凛花さんが、建物の前で話しているのが見えた。

「あ、おまわりさん！　お疲れ様ですー」

日生さんが僕に気づいて、手を振る。

「ここの中華、前に来たときよりおいしくなってました！」

「これが本来の味ですよ」

凛花さんが誇らしげに胸を張る。そういえば、日生さんが初めて「喵喵軒」に行ったのは、店が迷走中の時期だった。僕は今度こそ、黄金比のごま団子を味わってもらいたくて、訊ねた。

「ごま団子、食べました?」

「食べました。杏仁マンゴープリンとセットで!」

僕もそのセット、注文しました。また食べたくなってきたなあ」

僕らが話している間、エクも立ち止まって、凪ちゃんもエクが歩き出すのを待っていた。

日生さんがエクの前にしゃがむ。

「わあ、おっきなワンちゃん。かわいい」

「そ、そうかな。かわいいかな」

凪ちゃんが、自分が褒められたかのようにはにかむ。凜花さんも、腰を屈めてエクに微笑みかけた。

「うんうん、とってもかわいい。優しくって、頼りがいのある感じ」

「ウォフ」

エクが返事をするように、小さく鳴く。エクを可愛がられて、凪ちゃんの顔に堪えきれない喜びが溢れ出していた。

日生さんと凜花さんと別れて、僕らは公園にやってきた。子供たちが小さな遊具に登って追いかけっこをしている。楽しげにはしゃぐ声が、夕空に響き渡る。

ツツジの茂みに向かって、エクが顔を下げた。なにやらふんふんと、匂いを嗅いでいる。

すると茂みの中からぴょこっと、小さな茶色い顔が飛び出した。

「わあっ」

凪ちゃんが驚くも、エクは無反応だった。飛び出してきた小さな獣……スネコスリは、エクの鼻先に自分の鼻を寄せた。そしてシュシュッとエクの脚にすり寄り、僕の自転車のタイヤにも体を擦り、そしてまたツツジの陰へと消えていった。

凪ちゃんがぽかんとしている横で、僕は小声で洩らす。

「あのスネコスリ、群れに帰ったのに、まだこの辺りにいるんだ」

「お友達に会いに来てるのですにゃ」

おもちさんが耳をぴくりと動かす。

公園の真ん中で、子供たちが笑い合っている。

「じゃあ、最初に捕まったやつが、今日のチャーシュー丼買いに行く係ね」

「いいぞ、よーいどん！」

その真横を、猫の親子が通り過ぎる。公園の手前の道路に出ると、歩道で一時停止をして、周囲を見てから車道を横切っていった。

ジャングルジムのてっぺんから、ひと際元気な声が降る。

「よーっし、俺たち三兄弟に、鬼ごっこで勝てると思うなよ！」

「行くぞー！」

「行くぜー！」

ジャングルジムから飛び降りる三人組から、別の子供たちが歓声を上げて逃げる。自転車のカゴの中で、おもちさんが欠伸をした。

この町は今日も、不思議なもので溢れている。不思議なものといっても、誰も気にしなければなんてことのないもので、だけれどやっぱり不思議な、そんなものたちだ。

ひと休みを終えて、エクが立ち上がった。重たそうに、次の一歩を踏み出す。

「今日はもう帰ろうよ」

凪ちゃんがエクのリードを引っ張ったが、エクは聞かず、自分の行きたい方へ行く。また綱引きになってしまうかと見ていると、カゴの中のおもちさんが言った。

「凪ちゃん。エクレアさんについていくですにゃ」

突然はっきりと告げられて、凪ちゃんは目を丸くした。エクは数歩先まで進んで、凪ちゃんを待っている。凪ちゃんは不思議そうにおもちさんの顔を見て、それから素直に従った。

「途中でエクが動かなくなったら、抱っこして帰らなきゃならないんだから。あんまり遠くまで行かないでよ」

凪ちゃんが足を踏み出すと、エクはヘッヘッと浅いパンティングをした。なんとなく、笑っているように見える。

尻尾を二、三往復だけ振って、エクは先を急いだ。僕も自転車を引いて、彼らに続く。

公園を出て、住宅街を行く。かつぶし町の古い町並みの上に、夕焼け空が燃えている。春が近づいてきて、少しずつ、日が伸びてきている。アスファルトを蹴るエクの爪の音と、自転車がキロキロと軋む音が、鼓膜《こまく》を擽る。

瓜ちゃんが肩から提げている鞄には、エアデールテリアのぬいぐるみマスコットがぶら下がっていた。

「このマスコット、以前捜してたものだよね。かわいいね。エクにそっくり」

僕が言うと、瓜ちゃんは照れ笑いを浮かべた。

「友達がね、エクに似てるから、ってわざわざ買ってきてくれたんだ」

マスコットは、とぼけた表情までエクと瓜ふたつである。おもちさんがカゴの中から顔を覗かせて、揺れるマスコットを見ている。

「素敵なお友達ですにゃ。そういうお友達は、ずっと大切にするですにゃー」

「うん……そうすれば良かったな」

瓜ちゃんはそう言って、マスコットを撫でた。

「最近はもう、全然会ってないんだ。今どうしてるか、お互いに全く知らない。同じ町に住んでるのにね」

「にゃんと」

おもちさんが、さほど驚いていなそうな相槌を打った。瓜ちゃんが、エクのチョコレート色の背中に目を落とす。

「ねえ、おもちさん、おまわりさん。前に、エクのせいで私が友達なくした話をしたの、覚えてる？」

住宅街を抜けて、河原に出る。エクはのそのそと、太い脚で土手のアスファルトを踏みしめていく。

「凶暴な犬を飼ってるって噂が付き纏って、皆が私を避けてた。そんな中、逆に『犬を見たい』って絡んでくる男子がいたの。揶揄《からか》われてるんだと思ってムカついたけど、まあ、そいつにエクを見せれば、エクが怖くないことを証明できる。言われたとおり、家に連れて行った」

春が近づくかつぶし川が、夕焼けを反射して、赤く光る。

「でもこれ、揶揄ってたんじゃなくて、本当に犬を見たかったらしい。『全然怖くないじゃん』って言いながら、エクを撫でて、可愛がってた。『また遊ぼうね』って別れて、それ以来、何度もエクに会いに来てくれたんだ」

話を聞きながら、僕は頭の中に、とある少年の顔を思い浮かべていた。首からカメラを提げた、少し背伸びした感じの、あの少年。

「もしかしてその子が、マスコットをくれた子？」

「正解」

凪ちゃんは僕の問いかけに答え、眩しそうに夕空を見上げた。

「あいつ、写真を撮るのが好きで。大きな犬を撮りたかったんだって。最初はそれだけだったけど、あいつがエクを可愛がって、私とも仲良くしてくれたから、エクが凶暴って噂も自然と消えた。おかげで、一時的に離れちゃった友達とも仲直りできたの」

ああ、やっぱり。と、僕は口の中で呟いた。

『あいつの家、でっけー犬がいて、俺はそれを撮りたくて話しかけたんだ』

そう言っていた彼は、ひとりぼっちになっていた凪ちゃんを、エクを通じて救っていた。

そしてその子がマスコットをくれた友達だったなら、ふたりが会わなくなってしまった理由も知っている。

あの子は凪ちゃんを、作り話の怪談で怖がらせてしまった。彼女を夕方のかつぶし神社に連れ出そうとして、それっきりになってしまった。

凪ちゃんが茜空《あかねぞら》を仰ぐ。

「ああ、まただ。このおまわりさん、不思議となんかいろいろ喋っちゃう……。この話したくなる雰囲気、なんでだろ」

「きっと、小槙くんがエクレアさんに似てるからですにゃ」

おもちさんが口を挟んだ。エクがくるっと、確認するかのようにこちらに顔を向けた。凪ちゃんも僕を振り向く。

「えー、似てるかな？　言われてみれば似てるかも」

僕はおもちさんの背中をぽんと撫でた。

「エクに似てるのはおもちさんの方でしょ」

「人柄が似てるのは小槇くんの方ですにゃ」

僕らのやりとりを見て、凪ちゃんがくすくすと笑った。エクは再び前を向き、僕は凪ちゃんに訊ねた。

「その子とはもう、会いたくないの？」

マスコットを今も鞄につけて、なくしたら落ち込むくらいだ。そんなわけないと、分かっていた。凪ちゃんの髪の先が、春風で揺れる。

「そうだなあ……会ったところで、なにを言えばいいか、分からないよ」

カアカアカアと、空から声がした。山の方へ帰っていくカラスが数羽、連れ立って飛んでいく。

「最後に遊んだ日に、私、あいつとエクを置き去りにして泣きながら家に帰ったの。あいつはエクをうちまで連れてきてくれたんだけど、私は部屋に籠もって出ていかなかった。謝りにきたのかもしれないのに、顔を出さなかった」

「どうして？」

「だって、しょうもない怪談で怯えて泣いて、恥ずかしかったんだもん」

「じゃあ、顔も見たくないほど怒ってたわけじゃないんだ」

「うん。本当は、今でも後悔してる。あのときちゃんと顔を合わせていたら、言い分をちゃんと聞いてたら……怒ってるんじゃなくて恥ずかしかったんだって、言えてたら。次の日には、今までどおりに遊べたかもしれないのに、って」

謝れなかったことを後悔していた彼も、謝る機会を与えなかった凪ちゃんも、お互いに同じ気持ちなのだ。

かつぶし川のせせらぎが聞こえる。おもちさんが眠たそうにまばたきをした。

「いつかばったり会っちゃうかもしれないですにゃあ」

以前も聞いた言葉が、なんとはなしに繰り返された。

川原をゆっくり歩く。やがてエクが、足を止めた。目の前には、かつぶし神社のあの石段が延びている。

「また？　エク、ここは嫌だって言ったでしょ」

凪ちゃんが眉間に皺を寄せた。しかしエクは凪ちゃんに従うどころか、石段の上を見上げて動かない。凪ちゃんはリードを引っ張っては、動かないエクに項垂れた。

そのとき、おもちさんが語りかけた。

「凪ちゃん。エクレアさんがどうしてこの石段を上ろうとするか、考えたことはあるですにゃ？」

「えっ……？」

凪ちゃんが、自転車の方を振り向く。カゴの網目から毛を出して、おもちさんが彼女を見つめている。凪ちゃんは数秒押し黙って、エクに目を落とした。

『『なんで上りたがるの』って毎回思ってたけど……どうしてなのか、考えたことはなかった。なにか、理由があるの？』

「エクレアさんはお年寄りですにゃ。毎日だんだん、体が不自由になってきてるですにゃ。エクレアさん自身も、自分でそれを知ってるですにゃ」

おもちさんがカゴの縁にほっぺたを置く。

「長い長い石段を上れるのは、体が自由に動く間だけですにゃ」

石段の先を見ていたエクは、いつの間にか、その真っ黒な瞳を凪ちゃんに向けていた。まだ、動けるうちに。この石段を上れるうちに。エクは、凪ちゃんになにかを伝えようとしている。おもちさんには、それが分かるのだ。

凪ちゃんはエクの瞳を見つめて、それから、夕暮れの石段を仰いだ。ところどころ苔の生えた石段が、高く延びて、僕らを見下ろしている。芽吹いてきた若葉がさわさわと唸り、石段に影を落としている。

「やっぱり、怖い」

凪ちゃんが小さな深呼吸をして、きゅっと、エクのリードを握りしめた。

「怖い、から……おまわりさん、一緒についてきてくれる？」

エクの瞳が、きらっと光る。凪ちゃんの決心が、エクにも伝わったのだろうか。僕は自転車のスタンドを立てて、カゴからおもちさんを抱き上げた。

「いいよ。一緒に行こう」

僕の返事を合図に、エクが石段の、最初の段に足を乗せた。一段ずつ、エクが段差を上っていく。凪ちゃんもそれに引っ張られるように、恐る恐る一歩を踏み出す。おもちさんが僕の腕からすり抜けて、ぴょこんぴょこんと、石段を駆け上がっていく。僕も、その隣に続いた。

重なる木々の影が、石段に斑《まだら》模様を描いている。山へと向かう鳥が真上を通り過ぎて、その鳥影が僕らを覆う。静けさの中、エクの息遣いがはっきりと聞こえる。

前を行く凪ちゃんの顔は見えない。不安がっていたわりに、立ち止まらない。エクが立ち止まらないから、彼女も、エクに導かれて進んでいく。

石段の先に、鳥居が見えてきた。風に吹かれた木の葉が、目の前を横切った。

エクの後ろ足が、最後の一段を越えた。凪ちゃんも、同じく上り切る。そしてそこで、凪ちゃんもエクも、足を止めた。

「弘樹?」

凪ちゃんの声が、静寂を破る。

僕も石段の途中から、彼の姿を見つけた。鳥居の向こうに、カメラを持った弘樹くんが立っている。

「え、凪……？」

さわさわと、雑木林が風に揺られる。凪ちゃんも弘樹くんも、お互いの顔を眺めたままで、気まずい沈黙が流れた。

おもちさんが、石段の途中で立ち止まる。

「ばったり会っちゃったですにゃあ」

なんだか、白々しい口調だった。

「こんなところでなにしてるの？」

先に切り出したのは、凪ちゃんの方だった。弘樹くんが両手で支えたカメラを、胸の高さに掲げる。

「写真、撮ってた」

「写真……もしかして、まだ心霊写真狙ってるの？」

「別に、そんなんじゃない。ガキじゃあるまいし」

「じゃ、なにを撮ってるの？」

と、凪ちゃんが訊ねたときだった。エクが突然、弘樹くん目掛けて走り出した。

「ひゃあっ！」

リードを持つ凪ちゃんも、引っ張られる。弘樹くんはぎょっと身動ぎして、カメラを庇った。凪ちゃんが砂利を踏む音が、リズムよく響く。

エクが弘樹くんの背後に回り込む。リードで引っ張られる凪ちゃんも、自然と弘樹くんの横に連れてこられ、ふたりはぶつかりそうなほど接近した。エクが強く引っ張るせいで、凪ちゃんがつんのめって転びかける。それを弘樹くんが、咄嗟に彼女の肩を支えた。

凪ちゃんは弘樹くんに寄りかかっていたが、お互いの顔がすぐ近くにあることに同時に気づいて、びくっと飛び退いた。

「ご、ごめん。エクが急に飛び出すから」

「こっちこそごめん」

弘樹くんも、支えていた手を慌てて離す。お座りするエクが、ふたりを見上げて鳴いた。

「ワフッ」

ぱたぱたと尻尾を振って、エクが顔の向きを変える。僕らのいる、石段の方を見ている。

「もう、なんなのエク……」

凪ちゃんはため息と共に、エクの目線の先を追った。そしてその刹那《せつな》、短い歓声を上げる。

「わ……！」

凪ちゃんの瞳が、夕日色に輝いた。僕もおもちさんと一緒に、後ろを振り向く。

茜色に染まった古い町並みと、漁港、その先に広がる、紫色に光る海。どこまでも真っ直ぐな、水平線。空は西から東にかけて、明るいオレンジから星空の色へと、鮮やかなグラデーションを湛えている。

僕は思わず、感嘆した。

「わあ、すごくきれいな夕焼け」

水彩絵の具を滲ませたような空を、鳥の影が横切る。和紙みたいな薄く伸びた雲が、光を吸収して、灰色に霞んで空を流れていく。おもちさんの白い毛も、ほんのりと、オレンジ色に色づいている。

「この景色を撮ってたの？」

凪ちゃんが訊ね、弘樹くんがうん、と答えた。

「今の時間が、いちばんきれいなんだ」

海がきらきらと陽の光を反射させて、明るい色なのに星空みたいだ。

凪ちゃんはしばらく、この景色に見惚れて立ち尽くしていた。数秒後に、少し拗《す》ねた声を出す。

「髪の長い女の幽霊なんて、いないじゃん」

「そりゃそうだよ、嘘なんだから」

「なんでそんな嘘ついたの？」

「俺が子供だったからだよ。『きれいな場所を見つけたから、凪に見せたい』なんて先に言うより、肝試しのつもりで来たらこの景色が広がってた、って方が、感動してもらえるって思っちゃったんだよ」

　弘樹くんが、当時の自分に呆れる。凪ちゃんはあははっと軽やかに笑った。

「なにそれ。それなのに私、ずっと怖がってたんだ」

「そうだよ。バカだよなあ、凪も、俺も」

　弘樹くんも、釣られて笑う。景色を見ていたエクは、いつの間にか、ふたりに優しい眼差しを向けていた。

　凪ちゃんと弘樹くんが喧嘩してしまった日、エクは弘樹くんと一緒に石段の前に取り残された。きっとそのとき、弘樹くんから聞いたのだ。彼の、本当の狙い。

　エクは弘樹くんの本心を凪ちゃんに教えたくて、この景色を見せて、分かってほしくて、石段へと誘っていたのだ。

　少しずつ、着実に、日が落ちていく。弘樹くんはひと呼吸置いて、言った。

「町の風景写真のコンテストに、応募しようと思ってて。真っ先に思い浮かんだ場所はここだったけど、ここに来ると、凪を泣かせたことを思い出す。それでなんとなく、撮れなくて避けてた」

　雲がゆっくりと、流れていく。

「だけどこの前、『誰かに見せたいって気持ちになる場所を撮ったらどうかな』って言われて、やっぱりここしかないって思った。何回も来て、何枚も撮った。夕焼けは毎日違って、毎日きれいで」

仄《ほの》かに暗くなってきた空に、白いシミのような、薄い月が浮かぶ。

「きれいなんだけど、この風景でコンテストに応募するのは、やめた。これをたくさんの人に見せるのは、ちょっと嫌だ。人に教えたいけど、秘密にしておきたかった」

ひとつひとつ、言葉を選ぶように、弘樹くんはゆっくりと言った。

「誰かに見せたいって思う『誰か』が、ひとりだけだったんだ」

「そういうもの？」

「そういうもの。小学生の頃から、ずっと」

夕焼けの光に充てられて、弘樹くんが眩しそうにまばたきをする。

「初恋の女の子にこの場所を教えたくて、必死になって、くだらない嘘をつくくらい」

「ふうん……え？」

凪ちゃんが一瞬聞き流しかけてから、弘樹くんを振り向いた。弘樹くんはぼうっと石段の向こうの景色を見ていたが、やがてハッとした。彼の頬がみるみる、夕日の色に染まっていく。

僕はおもちさんと顔を見合わせ、おもちさんを抱き上げた。もうここに、凪ちゃんを縛る恐怖はない。あるのは、今生まれた新しい思い出。僕はおもちさんと一緒に、そっと、その場を立ち去った。

鳥居の向こうから、エクがこちらを見ている。笑っているみたいに口を開けて、尻尾を大きく振っていた。

石段を下りて、おもちさんと一緒に、交番への帰り道を行く。かつぶし町は、今日も平和だ。引いて歩く自転車の音、僕より数歩先をぽてぽてと歩くおもちさんの後ろ姿。どこまでも広がる、夕焼け空。

僕は自転車を止めて、指で四角を作った。おもちさんの後ろ姿を、そのフレームの中に収めてみる。

おもちさんが立ち止まり、顔だけ振り向く。

「なんですにゃ？」

「なんでもないです。ただ、いいな、って思って」

そう、なんでもないのだ。夕焼けの町の帰り道。焼いたお餅みたいな、君の背中。なんでもないこの一瞬が、忘れたくないくらい、きれいなのだ。

なんの変哲もないこの景色を、守りたい。僕はこの町のおまわりさんでいられて良かったと思う。春の風が心地良い何気ない一日が、今日もゆっくりと、終わろうとしていた。

番外編・エクレアとエクレアさん

　私はエアデールテリアである。名前はエクレア。フランス語で「稲妻」を意味する言葉が由来しているそうだが、私の名前は単に、その名のお菓子に因んでつけられたらしい。

　かつては警察犬だったが、現在は引退している。当時の私は、それはそれは稲妻の名に相応《ふさわ》しい活躍ぶり……だったと思うが、あまり覚えていない。なにせ歳を取った。この頃は昔のこともさっきのことも思い出せない。

　その日は、目を覚ましたら昼だった。私の暮らす家の娘、凪ちゃんが、なにやらソファでもだもだしている。ソファの前のテーブルには、食べ物らしき匂いを放つ箱がある。私は箱に鼻を近づけた。これはなんだ、凪ちゃん。

「あっ、エク！　それ食べちゃだめ。犬は食べられないものだから」

　ソファから飛び起きた凪ちゃんが、箱をさっと持ち上げる。そしてそれを掲げて、またそわそわしはじめた。

「うー、どうしよう。たくさん作っていちばんマシにできたものだけど、下手くそだし、引かれるかも。そもそも弘樹は手作りのお菓子は苦手かもしれないし……」

なるほど、なにか悩んでいると思ったら、また弘樹くんか。

この子は私と同じ年に生まれた人間だそうだが、私よりもずっと幼い。人間は時間の流れ方が、私たちと異なるらしい。幼い凪ちゃんは、幼い理由で悩んで、都度立ち止まって考え込んでしまう。さて、私がひと肌脱いでやろう。

私はお散歩用のリードを取りに行き、それを咥えて凪ちゃんの下へ戻った。未だに箱と睨めっこしていた凪ちゃんが、怪訝な顔で私を見る。

「あんたね、起きるの遅かったくせに、今になって散歩に行きたいって言うの？」

呆れ顔をされても凪ちゃんにリードを差し出し続ける。凪ちゃんは私と箱とを見比べて、ついに箱を紙袋に詰めた。意を決したような顔でそれを持って、私からリードを受け取る。

「行こっか」

「ウォフ！」

本当は腹が決まっていても、人は背中を押されないと動かないものである。全く、世話の焼ける。

首輪にリードをつけられたら、今日の冒険の始まり。私は凪ちゃんを、外へと連れ出す。この頃は寒さも和らいで、数日前より散歩が快適だ。

商店街に向かって凪ちゃんを引っ張っていくと、途中のブロック塀の上から、顔見知りの猫が話しかけてきた。

「こんにちはですにゃ、エクレアさん。と、凪ちゃん」

「あっ、おもちさん。こんにちは」

凪ちゃんが挨拶をする。私も、猫を見上げた。こんにちは、交番の猫。

猫はブロック塀を伝って、私たちの散歩についてきた。

「お散歩は楽しいですにゃ？」

猫が訊ねてくる。凪ちゃんは苦笑いをした。

「楽しいかどうかで言うと……まあ楽しくはあるけど、動かなくなったりするから大変だよ。だとしても、これは飼い主の義務だから」

散歩は楽しい。けれどもう、ひと休みしたい気分だ。

足腰の衰え、体力の低下は、日々、感じている。耳も聞こえにくくなってきて、最近は凪ちゃんの呼び声に気づけないときがある。呼ばれているのが分かっても、咄嗟に体が動かないときもある。

私はこうして日に日に、体が言うことをきかなくなっていくのだろう。不安だ。私自身の不安もあるが、凪ちゃんが心配だ。私が連れ出さないと、その箱を持って会いたい人のところへ行く勇気すら出せない子なのに。

猫は私と凪ちゃん、両方の顔を見て、言った。

「世話焼きさんですにゃあ」

そうだね、余計なお世話かもしれない。でも私は、こうして少しでも体が動くうちに、自分にできることをしたいのだ。

「エクはおじいちゃんだもの、世話を焼いてあげないと」

凪ちゃんも、猫に返事をした。

ブロック塀が曲がり角で途切れて、猫は私の横に降りてきた。私の脚の途中までしかない背丈で、私と並んで歩いている。

商店街に入り、少し休んで、散歩を再開する。今日は神社方面には行かないコースだ。

もうしばらく行くと、カメラのお店が見えてくる。凪ちゃんが今よりもっと幼かった頃、よく遊びに来ていた場所だ。不思議なもので、警察犬の頃の自分の仕事ぶりは忘れてしまっても、凪ちゃんに関することは、小さなことでも案外覚えている。

リードを握る凪ちゃんの手が緊張している。分かりやすい子だ。お店の前まで来たら、さてここでもうひと休み。わざとらしく座ってやると、顔の高さが揃った猫が、金色の目で私の顔を覗き込んできた。

写真屋さんの戸が開いた。

「凪？」

よしよし、弘樹くんが来た。私は猫と目配せをして、地べたに顎をつけた。

「店の手伝いしてたら、凪とエクが見えたから。どうした？　エクが止まった？」

「うん。ごめん、お店の真ん前の、邪魔なところで止まっちゃって……」

「いや、エクはお年寄りだし、仕方ないだろ」

私は目を閉じて、狸寝入《たぬきねい》りしながら会話に耳を澄ませていた。数年前はあんなに仲良しだったのに、いや、今だって仲良しなはずなのに、ぎこちないやりとりをしている。

凪ちゃんが声を詰まらせる。

「えっと、これ……弘樹がいなかったら、おじさんに預けておこうと思ったんだけど」

「なに、これ。お菓子？」

「その、弘樹が写真のコンテストで、賞を獲ったって聞いたから。お祝いっていうか……」

しどろもどろになる凪ちゃんに、猫がにゃっと感嘆した。

「賞、獲ったですにゃ？　吾輩が写った写真？」

「そう、おもちさんが写ってる、商店街の写真。賞って言っても佳作だよ。大賞には全然届かなかった」

弘樹くんが苦笑するも、凪ちゃんは勢いづいて大きな声を出した。

「佳作だってすごいよ！　新聞に名前載ってたの、見たよ。私の中ではいちばんんだよ」

「ど、どうも……」

私は片目だけ開けて、彼らを見上げた。ふたりとも頬を赤くして、言葉を探っている。猫が小さな牙を覗かせて笑う。

「おめでたいですにゃあ」

「でしょ、だから弘樹にこれ……持ってきた。あんまり上手くできなかったけど」

凪ちゃんが改めて、箱の入った紙袋を差し出す。

「エクレア、作ってみたの」

「エクレア？」

弘樹くんは私を見下ろしてから、ふっと笑って、手を伸ばした。

「ありがとう」

「ん。じゃあ、私、散歩の途中だから」

凪ちゃんの顔が真っ赤だ。そろそろかな、と、私は重たい腰を上げた。

店の前から速歩きで立ち去る凪ちゃんは、こみ上げる感情を噛み殺すように、顔を腕で覆っていた。彼女の鞄にぶら下がったエアデールテリアのマスコットが、凪ちゃんの歩くリズムに合わせて揺られている。

全く、世話の焼ける。私はもうおじいちゃんだというのに、君はまだまだ子供だ。私は君が心配でならない。

私は今日も、こうして少しでも体が動くうちに、自分にできることをする。大好きな君の嬉しそうな顔を、もっと見ていたい。だからもう少しだけ、世話になるよ。

あとがき

『おまわりさんと招き猫』シリーズも、もう四巻。この本を最後まで読んでくださり、ありがとうございます。

今回の巻は、小槙くんがかつぶし町にやってきて、二回目の冬から春にかけての物語でした。なにげない日常のひとコマから、ドラマチックなひと幕まで。まさに写真を一枚一枚残していくような気持ちで、様々なかつぶし町の表情を描かせていただきました。ありふれた毎日の中、登場人物たちは、なにかを思い、成長しております。読者の皆様のお心に響く場面や言葉が、ひとつでもあれば嬉しいです。

そしてこの巻で、私にとって特に大きな存在となっているのが、エクです。この物語に警察犬を登場させるなら、エクレアに似た見た目の犬種で、名前はエクレアがいいとずっと思っており、念願叶って生まれたのがエクです。

作品にまつわるインタビュー記事でも書いていただいているのですが、『おまわりさんと招き猫』の着想は、警察犬から得ています。いつか描きたいと思っていた警察犬のお話が描けて、大満足です。

この物語のためにいつも全力を尽くしてくださる担当様、出版社の皆様。本になるまでに力を注いでくださる関係者様、世に送り出してくださる書店員様。そして日頃からの応援、ファンレターで激励してくださる、読者の皆様。多くの方に恵まれて、この物語は続いております。この場を借りて、心からお礼を申し上げます。

ありがとうございました。

植原　翠

ことのは文庫

おまわりさんと招《まね》き猫《ねこ》

秘密《ひみつ》の写真《しゃしん》とあかね空《そら》

2024年7月28日 初版発行

著者 植原《うえはら》 翠《すい》

発行人 子安喜美子

編集 尾中麻由果

印刷所 株式会社広済堂ネクスト

発行 株式会社マイクロマガジン社
URL：https://micromagazine.co.jp/

〒104-0041

東京都中央区新富1-3-7 ヨドコウビル

TEL.03-3206-1641 FAX.03-3551-1208（営業部）

TEL.03-3551-9563 FAX.03-3551-9565（編集部）

ISBN978-4-86716-607-9 C0193
乱丁、落丁本はお取り替えいたします。